KB187559

나는 힘을 내기로 했다

나는 힘을 내기로 했다

초판 1쇄 발행 | 2017년 2월 17일

지은이 | 이동식
본문그림 | 변수옥
펴낸이 | 김형호
펴낸곳 | 아름다운날
출판 등록 | 1999년 11월 22일
주소 | (121-837) 서울시 마포구 서교동 351-10 동보빌딩 202호
전화 | 02) 3142-8420
팩스 | 02) 3143-4154
E-메일 | arumbook@hanmail.net
ISBN 979-11-86809-32-7 (03810)



이 도서의 국립중앙도서관 출판예정도서목록(CIP)은 서지정보유통지원시스템 홈페이지(http://seoji.nl.go.kr)와 국가자료공동목록시스템(http://www.nl.go.kr/kolisnet)에서 이용하실 수 있습니다.(CIP제어번호: CIP2017002034)

인생은 한쪽 문이 닫히면 다른 문이 열린다

# 나는
# 힘을 내기로 했다

이동식 지음

아름다운날

## 저자가 독자에게

피부에 와 닿는 삶의 온도가 영하권인 시대입니다. 살기가 점점 어렵다고들 합니다. 그렇지만 우리 앞에는 여전히 가야 할 길이 있고 어떤 풍경이 펼쳐질지는 아무도 모릅니다. 지난날 내 삶이 지금 이 자리에 와 있을 줄 알지 못했듯이 앞으로도 우리의 삶이 어디에 가 있을지 모릅니다. 지금 어렵다고 절망을 미리 앞당길 필요는 없습니다.

지금 이 순간이 내가 살아갈 시간 중 가장 젊고, 무언가를 시작하기에 가장 이른 시간입니다. 지금 아무것도 하지 않으면, 머지않아 지금 이 시간을 돌이키며 그때 무언가 했어야 했다고 자책하게 될 것입니다. 시작하지 않으면 변화가 일어날 수 없습니다. 내 삶이 변하지 않으면 세상에 봄이 오고 여름으로 바뀌어도 그 햇볕을 누리지 못하고 계속 영하의 추위 속에서 떨어야 합니다.

자신의 삶을 그냥 굴러가는 대로 놔두지 마세요. 핸들을 단단히 쥐고 자신이 원하는 방향으로 페달을 밟으세요. 지치면 잠시 쉬어가도 좋습니다. 잠시 멈추고 어디쯤 와 있는지 확인하는 시간도 필요하고, 지도를 꺼내 방향을 새롭게 정하는 것도 좋습니다. 방황해도, 길을 잃어도 괜찮습니다. 다시 페달을 밟는 걸 포기하지 않는다면 말이지요.

행복은 손에 쥐는 것이 아니라 지금 느끼는 것입니다. 달릴 수 있다는 것에, 시원한 물 한 잔에, 가끔 부는 상쾌한 바람에, 마주치는 사람들에…… 순간순간 행복은 있습니다. 잠시 책을 손에 든 이 시간도 행복한 시간입니다. 다시 힘을 내십시오. 인생은 한쪽 문이 닫히면 다른 문이 열립니다.

2017년 2월

이동식 드림

## 차례

## 제2장 | 삶을 바꾸는 말 한마디

## 제3장 | 행복은 준비되어 있다

## 제4장 | 절망 옆에는 반드시 희망이 있다

제 1 장

# 겨울을 이겨야 봄꽃이 핀다

01

# 장타를 치면 문제없어요!

세상은 고통으로 가득하지만
그것을 이겨내는 일로도 가득 차 있다. | **헬렌 켈러**

야구장에 구덩이를 파고 그 안에 들어가서 팔을 번쩍 치켜들고 환호하는 소년의 사진이 한 신문의 사회면에 실렸습니다. 그러나 그 사진은 그렇게 보였을 뿐 소년은 구덩이를 파고 들어선 것이 아닙니다. 그것은 하반신이 없이 상체만으로 버티고 서서 야구를 하는 소년의 모습입니다.

"엄마 말이 맞아요. 다리 대신 하느님께서 제 몸을 지탱해 주시니 불편할 것이 없어요."

미국 오리건 주에 사는 열한 살의 소년 케이시 맥컬리스터는 여섯 살 때 하반신을 잃었습니다. 크리스마스를 맞아 부모님과 함께 할머니를 보러 가던 길에 트럭에 치인 것입니다. 부모님의 코앞에서 벌어진 일이었습니다. 하지만 누구도 손쓸 수 없는 상황이었습니다.

병원 응급실로 신속하게 옮겼음에도 엉덩이까지 모두 으스러져 재활조차 불가능했습니다.

절망적인 상황이었지만 그의 부모님은 포기하지 않고 아들을 보살폈습니다. 다른 3남매와 가족 파티를 할 때면 사고를 낸 트럭 운전사도 초대하곤 했습니다.

초등학교 야구 선수인 맥컬리스터는 두 손으로 치고, 두 손으로 달립니다.

소년은 말합니다.

"다른 아이들보다 조금 느리지만, 장타를 치면 문제없어요."

수비 위치는 그의 신체 조건에 맞는 포수.

또한 그는 학교 농구 클럽의 멤버이기도 한데, 슛 적중률은 평균 이상. 매일 새벽 다섯 시에 휠체어를 타고 신문 배달을 하면서 익힌 솜씨라고 합니다.

---

어떤 일이든 생각하기 나름입니다.
모두 좋은 일도, 모두 나쁜 일도 없습니다.
좋은 일이 나쁜 일의 시작이 되기도 하고
나쁜 일이 좋은 일을 부르기도 합니다.

삶은 마음먹기 나름입니다.

자신이 처한 현실이 암담하다 하여도
마음먹기 따라 새로운 길이 열릴 수 있습니다.
마음먹기 따라 삶은 천양지차로 바뀔 수 있습니다.

자신의 삶을 좋은 방향으로 굴러가게 하세요.

사람의 앞날은 어찌될지 아무도 모릅니다.
길은 여러 갈래로 나 있습니다.
미리 절망하는 것은 절망을 선택하는 것입니다.
행복해지려고 마음먹으면
언제든지 행복을 선택할 수 있습니다.

좋은 미래를 바라보고
행복한 오늘을 선택하세요.

그것이 행복으로 가는 가장 빠른 지름길입니다.

02

# 마음이 꺾이지 않으면

나는 실패한 적이 없다. 어떤 어려움을 만났을 때
거기서 멈추면 실패가 되지만 끝까지 밀고 나가 성공에 이른다면
그건 실패가 아니기 때문이다. | **마쓰시타 고노스케**

하늘의 끝자락까지 계속되는 넓은 호수 바이칼. 호수 주위로 빽빽하게 둘러선 숲. 인기척이라곤 없는 그곳에 한 사나이가 서 있었습니다. 짐승의 가죽으로 만든 옷을 입고 모자까지 눌러쓴 차림새와 덥수룩한 수염이 얼굴을 온통 가리고 있는 모습으로 보아 그는 틀림없는 산사람이었습니다. 호숫가에 서서 끽끽하고 울며 지나가는 기러기 소리에 무심히 하늘을 쳐다보는 사나이의 손에는 활과 화살이 들려 있었습니다.

이 사람의 이름은 소무(蘇武), 한나라의 중랑장(中郎將)이었습니다. 19년 전 무제 원년에 북의 흉노국에 사절로 파견되었습니다. 포로 교환을 의논하기 위해서였습니다. 그러나 흉노국의 내분에 휩쓸려 사절단 모두가 억류되고 말았습니다. 결국 그들은 항복하여 목숨을 부지하거나, 그렇지 않으면 죽임을 당해야 하는 위험에 빠졌습니다. 사절단은 일단 항복하여 목숨을 보전하자 하였지만 소무만은 끝내 항복하기를 거부하였습니다.

흉노족은 그를 산속 동굴에 감금하고는 굶주려 죽게 하려고 했습니다. 동굴에 갇힌 소무는 바위 이끼를 씹고 벽 틈새로 나오는 물을 핥아 먹으며 굶주림을 견뎌냈습니다. 며칠 후 소무를 땅에 묻기 위해 동굴에 온 흉노 병사들은, 이글거리는 눈빛으로 살아 있는 소무를 보고 놀랐습니다. 흉노의 수장들은 그를 죽이면 오히려 자신들에게 화가 미칠지도 모른다고 생각하기에 이르렀습니다. 그래서 깊게 흐르는 짙푸른 바이칼 호수 근처의 산기슭으로 보내어 양을 치게 하였습니다.

소무에게 치도록 한 양들은 모두가 수놈들뿐이었는데, 흉노족들은 그 양이 새끼를 낳으면 고국으로 돌려보내주겠다고 했습니다. 결코 고국으로 돌아갈 수 없다는 것을 강하게 확인시킨 셈이지요.

하늘, 숲, 호수 외에는 보이는 것이 없고, 매서운 추위와 배고픔, 그리고 뼈에 사무치는 그리움만이 존재하는 바이칼 호수 근처에서 소무는 하루하루를 견뎠습니다. 그리고 기러기 떼가 이주할 때가 오면 호숫가로 기러기 떼를 보러 나왔습니다. 가혹할 만큼 단조로운 나날, 넓고 넓은 하늘을 가로질러 공간을 초월하는 기러기는 늘 고향을 상기시켜 주었습니다.

그렇게 수년 동안 살아온 소무의 양 떼는 이미 굶주린 산도적들에게 모두 도둑맞았습니다. 소무는 들쥐를 잡아먹으며 연명해야 했으며, 이제는 황량한 땅끝에서 보낸 세월이 얼마나 됐는지도 가물거릴 지경이었습니다.

그러는 사이 그의 고국 한에서도 많은 변화가 있었습니다. 무제가 죽고 소제(昭帝)가 등극한 지 이미 6년. 어느 날 한의 사신이 흉노국에 도착했습니다. 그리고 한의 사신은 예전에 사절단으로 왔던 소무를 데려가겠다고 했습니다. 흉노족들은 소무는 이미 이 세상 사람이 아니라고 우겼습니다. 그러나 한나라의 사신은 소무가 살아 있다고 확신하며 말했습니다.

"한나라 천자께서 사냥을 하러 상림원에 가셨을 때 기러기 한 마리를 쏘아 잡으셨소. 그런데 기러기 다리에 헝겊이 묶여 있었고, 거기에는 '소무는 대택(大澤)에 속해 있다.' 고 쓰여 있었소. 그러니 그가 살아 있는 것이 명백하오."

흉노의 추장은 놀라는 빛을 보였고, 결국 흰 수염에 낡은 가죽 옷을 입은 산사람이 다된 소무를 데려왔습니다. 그 당당하던 옛 모습은 간 데 없었지만 그의 손에 단단하게 쥐어진, 사신을 증명하는 부절은 그가 소무임을 입증하고 있었습니다. 그가 사절로 온 지 19년만의 일입니다.

인간은 강인한 존재입니다.
마음을 단단히 하면
모진 시련과 역경도 넉넉한 힘으로 이겨냅니다.
마음이 꺾이지 않으면 꿈도 꺾이지 않습니다.

인간의 의지는 시련보다 강합니다.
시련의 시기를 지나면

새로운 날이 열리게 되어 있습니다.
현실이 어려워도 묵묵히 이어가고 있다면
이미 시련과 역경을 이겨내고 있는 것입니다.
어떠한 일이 있더라도 살아가야만 합니다.
삶은 살겠다는 의지가 있는 사람에게만
해피엔딩의 길목을 열어줍니다.

03

# 꿈에 이끌리는 삶

무릇 참으로 위대한 것은
서서히, 눈에 보이지 않는 성장 속에서 이루어진다 | **세네카**

흔히 비평가들은 안데르센의 동화 중 〈미운 오리새끼〉를 그의 자전적 동화라고 말합니다.

1805년, 안데르센은 덴마크의 오덴세라는 마을에서 태어났습니다. 아버지는 헌 신을 깁는 일을 하는 신기료장수였습니다. 긴 판잣집의 방 한 칸에 세들어 사는 가난한 집에서 태어났지요. 그나마 아버지까지 일찍 돌아가셔 어머니와 외롭게 살아야 했습니다. 학교도 제대로 다니지 못했으며 열세 살의 나이에 공장엘 다녀야 했습니다.

그의 외모는 비쩍 마른 키다리에 두 팔은 남에게 불쾌감을 줄 정도로 길었고 눈은 움푹 패였으며 코는 유난히도 길었다고 합니다. 한마디로 그가 쓴 동화 속 '미운 오리새끼'와 같았지요. 안데르센은 늘 열등감에 사로잡혀 있었습니다.

그런 그가 성공해 보이겠다는 굳은 결심으로 덴마크의 수도 코펜하겐으로 간 것이 열네 살 때였고, 이때부터 본격적인 고생이 시작되었습니다. 그는 '자신을 천대하고 구박하던 형제와 이웃을 떠나 자신을 좋아하는 이들을 찾으러 떠나는 미운 오리새끼'의 심정이었을 것입니다.

열여덟 살 때는 자기보다 여섯 살이나 아래인 아이들과 같이 고등학교를 다녔으며 다른 아이들보다 몇 년이나 더 다니고 나서야 졸업할 수 있었습니다.

그러나 코펜하겐에서 갖은 고생을 하면서도 안데르센은 좌절하거나 포기하지 않았고, 작가가 되겠다는 그의 꿈은 이루어졌습니다.

안데르센 이전이나 이후에 동화작가가 없었던 것이 아닌데도 우리는 동화하면 먼저 안데르센 동화를 떠올리게 됩니다. 결국 그는 끊임없는 불굴의 의지로 '미운 오리새끼'에서 '어여쁘고 하얀 백조'가 된 것입니다.

성공한 사람들 중에는
불우한 어린 시절을 보낸 사람들이 꽤 많습니다.
그들의 공통점은 가난이나 장애를 핑계 삼지 않고
자신의 꿈에 이끌리는 삶을 살았다는 것입니다.
지금 무엇이 자신의 손을 잡고 있나요?

그것은 밝은 길로 이끄는 것인가요?
어두운 길로 잡아끄는 것인가요?
시끌벅적한 넓은 길로 이끄는 것인가요?
한적한 좁은 길로 들어서게 하는 것인가요?

그 길 끝에 꿈꿔 온 세계가 있나요?

자신이 무엇에 이끌려 가는지를 모른다면
이정표도 없는 길을 무작정 가고 것과 같습니다.
길이 어디로 향해 나 있는지도 모르면서 말입니다.

04

# 자신을 훔치는 도둑

미래는 현재 우리가 무엇을 하는가에 달려있다. | 마하트마 간디

1920년대에 미국을 휩쓸던 아더 베리라는 유명한 도둑이 있었습니다. 그는 사회적으로 저명한 사름들의 돈과 보석을 훔치는 지능범이었습니다.

어느 날 아더 베리는 강도 짓을 하던 중 총을 맞았고, 감옥에 갇히게 되었습니다.

'앞으로는 절대로 도둑질을 하지 않겠다.'

그는 굳게 결심했습니다. 18년 간의 감옥생활 후에 그는 한 작은 마을에 정착하여 모범적인 생활을 했고, 사람들의 신뢰를 얻어 여러 단체의 회장이 되기도 했습니다. 그에 대한 미담이 사방에 퍼지게 되자 전국에서 기자들이 그가 살고 있는 작은 마을로 인터뷰를 하러 왔습니다.

"아더 베리 회장님, 당신은 도둑질을 할 때 부자들의 재산을 많이 훔쳤다는 소식을 들었습니다. 그런데 그중에서 누구의 재산을 가장 많이 훔쳤습니까?"

그러자 아더 베리는 이렇게 대답했습니다.

"내가 가장 많이 재산을 훔친 사람은 바로 나 자신입니다. 나의 능력을 좋은 곳에 썼더라면 성공적인 사업가나 사회에 공헌하는 사람이 되었을 것입니다. 그러나 나는 도둑으로 살았기 때문에 나의 삶 중 삼분의 이를 감옥에서 낭비하고 말았습니다."

---

자신을 훔치는 도둑은 되지 마세요.
도둑 중에 가장 큰 도둑은 자신을 훔치는 도둑입니다.

남의 물건에 손대지 않으면 도둑이 아니라고 생각하지만
남의 물건에 손대지 않아도
자신을 훔치는 도둑은 될 수 있습니다.
주어진 시간들을 그냥 흘려보내면
자신의 시간을 훔치는 도둑이 되고
자신의 재능을 알면서도 꽃 피우려 하지 않으면
자신의 재능을 훔치는 도둑이 됩니다.

자신의 시간, 자신의 재능을 조금씩 헐어 가다
어느새 모두 탕진하고 마는 어리석은 도둑이 되지 마십시오.
지금까지 자신을 훔치는 도둑으로 살아왔다면
이제부터 자신의 역할을 바꾸어야 합니다.
자신의 시간을 충분히 활용하고
재능을 빛나게 하는 유능한 조련사가 되십시오.

아직 시간은 충분합니다.

05

# 되돌릴 줄 아는 마음

지혜로운 사람은 인해관계를 떠나
어진 마음으로 사람을 대한다. 왜냐하면 어진 마음 자체가
나에게 따스한 체온이 되기 때문이다. | **파스칼**

중국 노나라에 맹손이라는 관리가 있었습니다. 그는 워낙 사냥 솜씨가 뛰어난 데다가 사냥을 몹시 즐겼으므로 틈만 나면 활을 메고 말을 몰아 산으로 나서곤 했습니다.

그날도 맹손은 늘 데리고 다니던 진서파와 함께 사냥을 나갔는데 얼마 되지 않아서 새끼사슴 한 마리를 사로잡았습니다. 맹손은 사로잡은 사슴을 보며 매우 흡족해 했습니다. 그 여세를 몰아 더 그럴듯한 놈들을 잡아야겠다고 생각한 맹손은 진서파에게 말했습니다.

"여보게, 이 사슴을 가지고 집으로 먼저 가 있게나. 아무래도 오늘은 운이 좋을 것 같으니 나는 좀 더 다녀보아야겠네."

그러면서 자기의 아들이 아주 좋아할 거라고 덧붙이기까지 했습니다. 짐승을 사로잡기란 여간 힘든 일이 아닌데 얼마나 즐거웠겠습니까.

진서파는 새끼사슴을 조심스럽게 안고 산을 내려가고 있었습니다. 그런데 어디쯤에선가부터 어미사슴 한 마리가 슬피 울며 진서파의 뒤를 따르고 있었습니다. 그는 워낙 인정이 많은 사람이라 그 광경을 보고 못 본 채 그냥 발걸음을 떼어 놓을 수가 없었습니다. 진서파는 뒷일이야 어찌 되든 새끼사슴을 어미사슴 앞에 놓아 주고는 맹손의 집에 도착하였습니다.

몇 시간이 지나 맹손이 돌아오자 그는 즉시 엎드려 용서를 빌었습니다.

"어르신 저를 용서해 주십시오."

진서파는 자기가 새끼사슴을 놓아 주게 된 경위를 말하면서 맹손의 이해를 구했지만 맹손은 노발대발했습니다.

"아니 뭐라고? 내가 애써 잡은 사슴을 자네 맘대로 놔주다니……. 그래 놓고 용서해 달라고? 에이, 이런 괘씸한 일이 있나."

맹손은 그 길로 진서파를 쫓아냈습니다.

진서파는 고향집으로 돌아와 쓸쓸한 나날을 보냈습니다. 그러던 어느 날 맹손이 사람을 보냈습니다. 진서파에게 자신의 아들을 맡기겠다는 전갈이었습니다. 진서파는 예전에 맹손이 자신을 내친 것에 대한 노여움 같은 것은 전혀 없이 기쁜 마음으로 짐을 꾸려 맹손에게로 달려갔습니다.

"지난 일은 모두 잊고 우리집에서 내 아들 녀석을 좀 돌보아 주게나."

"예, 어르신 말씀대로 따르겠나이다."

진서파는 그날부터 다시 맹손의 집에 머무르게 되었습니다.

이 이야기를 전해들은 맹손의 친구들이 맹손에게 와서 물었습니다.

"아니 석 달 전에 진서파를 죄인 다루듯 내쫓더니 어찌 된 일인가? 아들의 장래를 맡긴다 해도 과언이 아닌 중요한 일로 집에 다시 들이다니, 그 까닭을 도무지 모르겠구먼."

이 물음에 맹손은 그 이유를 차근차근 이야기했습니다.

"그래, 내가 물론 진서파를 내쫓긴 했지. 하지만 그 일이 있은 뒤로 여러 가지 생각이 들더군. 진서파처럼 인정 많고 훌륭한 사람도 드물다는 결론에 이르렀지. 사슴의 어미와 새끼를 불쌍히 여겨 인정을 베푸는 사람이니, 내 아들을 맡긴다면 그보다 더 깊은 애정을 가지고 돌볼 것이 아니겠는가. 그래서 진서파를 다시 부른 것일세."

친구들은 맹손의 말에 고개를 끄덕였고, 진서파의 훌륭함 못지않은 맹손의 도량과 결단에 진정한 찬사를 보냈습니다.

---

'다른 이를 불쌍하게 여기는 착한 마음'이 측은지심입니다.
이는 사람이 가져야 할 당연한 마음 중 하나입니다.
참담하고 어려운 일을 당한 사람을 보면
차마 외면하지 못하고
아는 이가 아니어도, 가까운 사람이 아니어도
안쓰러운 마음으로 도움의 손길을 내미는 것입니다.
이런 마음들이 차가운 세상의 온도를 따뜻하게 높여 줍니다.

가끔은 측은지심 때문에 손해를 보기도 하고
그런 마음을 이용하는 사람에게 속을 수도 있습니다.
그러나 그 마음은 언젠가 자신에게 되돌아옵니다.
다른 이의 마음에 준 감동과 환한 미소는 사라지지 않습니다.
언젠가는 자신의 것이 됩니다.

친구의 행동이
잠시 자신에게 실망을 주는 것이라 해도
그 근본에 측은지심이 있었다면
그 마음을 볼 줄 아는 눈이 있습니까.
잠시 원망하는 마음이 들었다 해도
다시 돌이킬 수 있는 도량이 있습니까.

사람을 판단하는 기준은 무엇입니까.
이익의 크기, 친한 정도, 고분고분함, 함께 누리는 즐거움…….
진실로 누군가 필요할 때, 내 옆에 있어 줄 사람이 누구인지
가만히 생각해 보십시오.

06

# 최선을 다한다는 것

내일이여, 최악을 행하라.
나는 오늘을 살 것이니. | 호레이스

아테네 조각가 피디어스가 아크로폴리스에 세울 아테나 여인상을 만들면서 목덜미의 뒷머리털을 어떻게 조각할까 고심하고 있었습니다. 그것을 본 어떤이가 별걱정을 다한다는 듯이 핀잔을 주었습니다.

"그 여신상이 대리석 벽 앞에 100척이나 높이 설 텐데 그걸 누가 안다고 그렇게 애를 씁니까?"

그러자 조각가는 "내가 알지요."하며 하던 일을 계속했습니다.

최선의 기준은 누가 정합니까.
최선은 누구를 만족시켜야 합니까.

최선을 다했다는 것은
다른 사람의 만족뿐 아니라
자신까지 만족시켰을 때, 비로소 갖게 되는 마음입니다.

자신을 만족시킨다는 것은
눈에 보이는 데만이 아니라
다른 사람의 눈에는 보이지 않아도
내 눈에는 보이는 것들,
다른 사람들은 모르지만
나만 알고 있는 부분들까지
완벽하게 해내는 것을 말합니다.

벽에 바짝 붙여 놓으면 안 보이는 가구의 뒷면,
조각을 잘라 잇대어 박음질할 때 맞추어야 할 천의 무늬처럼
다른 이들의 눈에는 잘 보이지 않는 부분도
얼렁뚱땅 지나치지 않아야
최선을 다했다고 할 수 있습니다.

자신에게 주어진 일은 크든, 작든
다른 누구도 아닌 자기 자신의 마음에 들 때까지
끝까지 하는 것,
그것이 최선을 다하는 것입니다.

07

# 흉조와 길조

인생은 될 대로 되는 것이 아니라 생각대로 되는 것이다.
사람은 생각대로 산다. | **조엘 오스틴**

잉글랜드 왕 윌리엄 1세가 알온에 상륙했을 때, 자갈밭에서 발을 헛딛는 바람에 양손으로 땅을 짚고 엎어졌습니다.

"상륙하자마자 땅에 엎어지다니! 아무래도 불길한 징조야."

이 광경을 목격한 부하들은 대경실색하고 수군거렸습니다.

당황해 하는 부하들 사이에서 천천히 일어선 윌리엄 1세는 태연한 표정으로 말했습니다.

"하느님의 은총으로 나는 이 영국을 두 손으로 붙들었다. 이제 영국은 나의 것이다. 나의 것은 즉, 제군들의 것이다."

윌리엄 1세의 신념에 찬 이 한마디 말에 잠시 흉조로 여겼던 일이 일순에 길조로 바뀌어, 부하들은 일제히 환호성을 질렀습니다.

---

무슨 일을 시작했을 때,
안 좋은 일이 먼저 일어난다면
불길한 예감을 갖게 될 것입니다.

그렇지만 모든 일은 해석하기 나름이고
의미는 붙이기 나름입니다.
그릇이 깨지면 불길하다 하지만
액운을 깬다는 의미로 멀쩡한 바가지를 깨는 의식도 있습니다.
의미는 붙이기 나름입니다.

어떤 일이 생기든 대처하기에 따라
그 상황의 의미가 달라집니다.
'넘어진 김에 쉬어 간다'는 말이 있습니다.
실수를 했건 실패를 했건
전진을 하다가 넘어졌다면 잠시 쉬는 것도 괜찮습니다.
쉬어 가는 것도 꿈을 향해 가는 한 가지 방법이니까요.

08

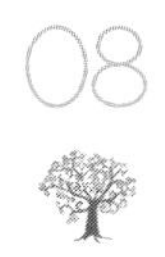

# 목표가 흔들리면 인생도 흔들린다

먼저 당신이 원하는 바를 결정하라.
그리고 그것을 이루기 위해 당신이 기꺼이 바꿀 수 있는 것이
무엇인지 결정하라. | H. L. 린튼

농부인 아버지가 아들에게 소를 몰고 밭을 갈아보라고 했습니다. 아들은 소를 몰고 밭을 갈기 시작했습니다. 그런데 서툰 쟁기질 때문에 밭의 고랑이 똑바르지 못하고 구부러지고 말았습니다. 이와 달리 아버지가 갈던 고랑은 반듯해서 자신이 간 고랑과 확연하게 대조가 되었습니다. 이 모습을 보고 있던 아버지가 아들에게 방법을 알려 주었습니다.

"처음 쟁기질을 할 때는 앞에 한 목표점을 정하고 그 목표를 보고 나가야 똑바로 갈 수가 있다."

아버지의 말을 들은 아들은 목표를 찾다가 둑에서 한가로이 풀을 뜯고 있던 황소를 목표로 삼았습니다. 그러나 결과는 좀 전과 마찬가지로 구부러져 버렸습니다. 이 모습을 본 아버지가 아들에게 다시 말했습니다.

"네가 목표로 삼은 황소가 움직이기 때문에 너의 고랑도 구부러지는 것이란다. 움직이지 않는 것에 목표를 두고 다시 해보아라."

아버지의 말을 들을 아들은 이번엔 움직이지 않는 포플러 나무를 목표로 세우고 다시금 밭을 갈기 시작했습니다. 그랬더니 정말 이번에는 고랑이 구부러지지 않고 곧게 갈아졌습니다. 아버지는 아들에게 다가와 말했습니다.

"모든 것이 이와같은 것이란다. 목표가 흔들리면 사람의 인생도 흔들리는 것이고 목표가 움직이지 않고 곧게 서 있으면 사람의 인생도 흔들림 없이 앞으로 나아가게 되는 거란다."

---

매번 추구하는 목표가 바뀌거나
다른 사람의 말에 따라
우왕좌왕하지는 않습니까.

시간이 지나도
흔들리지 않는 목표를 갖기 위해서는
자신이 가장 원하는 것이 무엇인지
가장 잘할 수 있는 것이 무엇인지 알아야 합니다.
그렇지 않으면 정말 소중한 것을 잃게 되거나

성공했더라도 기쁨보다 후회가 뒤따르게 됩니다.

자신이 무엇을 원하는지
자신의 능력이 무엇인지를 모르면
무엇을 포기해야 하는지도 모르게 됩니다.
그 어느 쪽에도 집중하지 못하고
우왕좌왕하며 시간을 보낼 뿐입니다.

어떤 것을 선택하는 것은
다른 것을 포기한다는 것을 의미이기도 합니다.
다른 것은 포기할 수 있는 용기가 있어야만
성취도 가능한 것입니다.

자신이 선택한 일에 집중하다 보면
자신도 모르는 사이에
이미 포기했던 다른 것까지 얻을 수도 있습니다.
선택한 것과 포기한 것의 결과는
아무도 알 수 없는 것이니까요.

# 09

# 끝까지 침착하게

아무리 중대한 실수를 저질렀다 해도
항상 또다른 기회가 있기 마련이다. 우리가 실패라 부르는 것은
추락하는 것이 아니라 추락한 채로 있는 것이다. | **메리 픽포드**

프랑스의 루이 11세는 봉건적 세력들을 몰아내기 위한 방법으로 얼토당토않은 말들을 지어내 백성들을 불안감에 빠지게 하는 이들을 잡아들이기로 했습니다. 그리고 그 시작으로, 불길한 예언을 마구 뱉어내 백성들을 미혹시키는 자칭 예언자라고 하는 자들을 사형에 처하기로 했습니다.

먼저 그 예언자 중 가장 유명한 자를 붙잡아 들여 왕이 직접 심문하였습니다.

"네놈은 다른 사람들의 운수를 잘 알아서 예언한다고 하는데, 그게 사실인가?"

"네, 저의 예언은 지금까지 빗나간 일이 한 번도 없는 줄로 압니다."

"그래? 그럼 네 자신의 운명이 어떨지도 잘 알고 있겠군."

"사실은 폐하, 저의 운명은 전혀 모르고 있습니다."

"흥! 그렇겠지. 자기 자신의 운명도 모르는 주제에 남의 운명에 대해 함부로 지껄이고 다니다니, 네 죄를 네가 알렷다!"

"하오나 폐하, 저의 운명은 전혀 모르지만 한 가지 확실히 아는 것은 있습니다."

"그게 뭐냐?"

"그것은 저는 다만 폐하께서 승하하시기 사흘 전에 죽으리라는 사실입니다."

"뭐라고?"

루이 11세는 아무 말 없이 이 예언자를 쏘아보다가 결국 돌려보냈습니다. 자신보다 사흘 일찍 죽게 된다는 그 예언자를 죽일 수가 없었던 것입니다. 예언자의 사형은 결국 집행되지 않았습니다.

살다보면 절체절명의 위기와 맞닥뜨릴 때가 있습니다.
한순간에 모든 것을 포기하고 싶은 때가 있습니다.

그러나 그런 순간일수록 침착하게 생각을 집중하면
길이 보입니다.
어두컴컴한 동굴에 한 줄기 햇빛이 들듯이,
깜깜하기만 했던 머릿속을 번쩍하고 가르며

빛이 지나갈 것입니다.

위기가 곧 실패는 아닙니다.
위기는 변화의 기회이기도 합니다.
대처하는 자세에 따라 새로운 길이 열리기도 하고
이제까지 쌓아온 것을 무너뜨리기도 합니다.

어느 때라도 자신을 구할 수 있는 순간은 있습니다.
마음을 가라앉히고 생각을 모으십시오.
미리 모든 것을 포기하고
자신을 방치한 사람에겐
지난 순간에 대한 후회만 남을 뿐입니다.
포기는 끝까지 최선을 다한 다음에 해도 늦지 않습니다.

## 10

# 누구를 곁에 둘 것인가

어리석은 자는 언제나 자기를 찬미하는
가장 큰 바보를 만나는 법이다. | **리히트베아**

프랑스 왕 루이 14세는 가끔 시를 쓰며 즐기는 취미가 있었습니다. 하루는 사랑의 찬가를 지었는데, 자기가 생각해도 형편없는 졸작이었습니다. 이때 마침 구라몽 원수가 들어오자 왕은 그에게 말했습니다.

“구라몽, 이 사랑의 찬가를 한번 읽어보게나. 내 생각엔 형편없는 졸작 같은데, 자네는 어떻게 생각하는가?”

구라몽 원수는 그 시를 다 읽고 나서 대답했습니다.

“폐하의 말씀대로입니다. 아무 쓸모없는, 말도 안 되는 작품입니다.”

“이런 것을 작품으로 쓴 사람도 형편없겠지?”

“그러하옵니다.”

“고맙네, 구라몽. 솔직히 말해줘서 기쁘군. 작자는 바로 나야.”

당황한 원수는 떨리는 목소리로 말했습니다.

“오오, 폐하 다시 한번 읽어보게 해주십시오. 좀 전에는 제대로 읽지를 못했습니다.”

왕은 별반 기분 나쁘지 않은 듯이 말했습니다.

“됐네, 구라몽. 첫인상이라는 것이 가장 솔직하고 확실한 것이니까.”

또 왕이 시를 지어서 이번에는 보바로 장관에게 보였습니다. 보바로는 왕을 둘러싼 아첨패 중에서도 특히 우두머리 격이었습니다.

“폐하, 이것이 폐하께서 직접 쓰신 것입니까?”

“그렇다네.”

“정말 폐하에 재능에는 탄복했습니다. 폐하는 시를 쓰시려고 하시면 이처럼 좋은 시를 금세 쓸 수 있으니까요.”

루이는 이런 대답을 자신의 절대 권력에 대한 복종으로 여겨 기뻐했습니다.

“지금 몇 시인가?”

“폐하가 원하시는 시간입니다.”

“자네는 몇 살인가?”

“폐하가 좋으시도록 정해 주십시오.”

당신 곁에 어떤 사람들이 있습니까.
늘 자신의 편이 되어주는 사람 하나쯤 있어도 좋습니다.
하지만
언제나 좋은 말만 해주는 사람만 곁에 두려 하지는 않는지요.
언제나 귀에 좋은 말은 언제나 눈을 가리는 것과 같습니다.
그 소리는 눈을 가리고 웃으면서
당신을 잘못된 방향으로 이끄는 것입니다.

있는 그대로를 드러내주는 사람
미움을 받더라도 아첨하지 않는 사람
잘못된 것은 잘못되었다고 말해줄 수 있는 사람
당신 주변에 이런 사람들이 있습니까.

귀에 쓴소리일수록 되새겨보십시오.
그 말을 한 사람이 평소 어떤 사람이었는지 생각해보십시오.
그의 말이 잘못된 것인지,
단지 내 기분이 나쁜 건지 판단해보십시오.

그리고
다른 사람에게 나는 어떤 사람인지 생각해보십시오.

11

# 진정으로 강한 사람은

만약 사람이 살면서 새 친구를 사귀지 않는다면, 곧 홀로 남게 될 것이다.
사람은 우정을 계속해서 보수해야 한다. | **사무엘 존슨**

전 유럽을 손에 쥐었던 정복자 나폴레옹.

가난한 시골 출신인 그는 군사학교 시절, 귀족의 자녀들인 동급생들에게 놀림을 받기 일쑤였고, 심한 천대를 받기도 했습니다. 어떤 때는 너무 남루한 옷차림 때문에 학교 식당에서 쫓겨나 마루에서 밥을 먹기도 했습니다. 그는 그런 박해와 멸시 속에서도 홀로 독서에 열중하며 언젠가는 그들에게 본때를 보여주겠다고 다짐했습니다.

그 후 3학년이 되었을 때 교장은 성적이 뛰어난 그를 반장에 임명하였습니다. 그런데 그 과정에서 다른 생도들의 거센 항의가 있었습니다. 그들은 나폴레옹의 지휘 따위는 받지 않겠다며 강한 거부감을 표시한 것입니다. 그러자 교장은 나폴레옹을 조용히 불러 충고하였습니다.

"네가 강직하고 정직하다는 것은 잘 알고 있다. 그러나 군인이 되려면 그에 못지않게 중요한 것이 있다. 절대로 자기 혼자만 강해지려고 하면 결코 강한 사람이 될 수 없다는 것이다. 모든 사람에게 존경을 받는 사람만이 진정으로 강한 사람이지."

이 말을 들은 후, 나폴레옹의 행동은 눈에 띄게 달라져서 동급생들과도 잘 어울리게 되었습니다. 그리고 그때 사귄 친구들은 후일 그가 큰일을 해낼 수 있었던 밑거름이 되었습니다.

무엇이든 혼자서 잘 해내는 사람을
강한 사람이라고 생각하기 쉽습니다.
그러나 진정 강한 사람은
여러 사람들과 함께 성공을 이루는 사람입니다.
혼자 해내는 사람은 양보할 필요도,
타협할 필요도 없습니다.
그러나 진정 강한 사람은
기꺼이 타협하고 기꺼이 양보하면서
목표한 일을 성취해 나가는 사람입니다.
강한 사람만이 다른 것을 수용하고 내 것을 양보하면서도 흔들림 없이 앞으로 나아갈 수 있기 때문입니다.

요즘은 홀로 잘 살아가기를 권하는 시대입니다.
홀로 있는 것을 두려워하지 않아야 합니다.
홀로 잘 살 수 있어야 합니다.
하지만 그것이 나 홀로 모든 것에 만족하며
나 외에 다른 사람들은 없는 것처럼
살라는 뜻은 아닙니다.
강하다는 말은 독불장군이나 외톨이를 의미하지는 않습니다.

'더불어'라는 말은 여전히 중요하고 아름다운 덕목입니다.
홀로 잘 살기 위해서 강해져야 하지만
더불어 잘 살기 위해서는 더 강해져야 합니다.

사람과 사람의 만남에서
사랑도 피어나고 행복도 충만해집니다.
정말 자신이 원하는 것을 이루었을 때,
"성공이다!"라고 말할 수 있는 순간,
그 기쁨을 함께 누릴 수 있는 사람이 있습니까.

함께 이루는 사람이 진정 강한 사람입니다.

12

# 사랑이란 군림하지 않는 것

가장 가까운 사람들 사이에도 무수한 차이점이 있다는 사실을
깨닫는다면 우리에게는 황홀한 삶이 전개될 것이다.
만일 상호간의 차이와 거리를 사랑할 수 있다면,
당신은 상대방의 전부를 바라볼 수 있을 것이다. | **라이너 마리아 릴케**

어느 날 영국의 빅토리아 여왕이 남편인 앨버트와 사소한 일로 말다툼을 하였습니다. 앨버트는 흥분하였지만 상대가 아내라 하더라도 여왕인지라 흥분을 억누르고 자기 거실로 가버렸습니다. 남편의 이런 모습을 본 빅토리아 여왕은 늘 열등감에 사로잡혀 있는 남편을 자기가 너무 심하게 대한 것이 아닌가 하고 후회되었습니다. 그래서 사과하려고 남편의 거실을 찾아갔습니다.

남편의 거실문은 굳게 닫혀 있었습니다. 여왕은 조용히 문을 노크하였습니다.

"누구시오?"

남편의 목소리는 가라앉아 있었습니다.

"여왕입니다."

여왕은 부드러우면서도 위엄 있는 어조로 대답했습니다. 그러나 아무런 반응도 없었고 문도 열리지 않았습니다. 아직도 화가 풀리지 않았나 해서 여왕은 다시 흥분하기 시작했습니다.

"문 열어요!"

여왕이 날카롭게 명령조로 말했습니다. 그러자 다시 되돌아온 말은 같았습니다.

"누구요?"

전과 다름없이 가라앉은 목소리였습니다.

"영국 여왕입니다!"

빅토리아 여왕은 자기의 위엄 있는 말투로 인해 이번에는 문이 열리리라고 생각했습니다. 그러나 역시 문은 열리지 않았습니다.

여왕은 당혹감을 감추지 못했습니다. 하지만 다시 생각해보니 영국 여왕의 명령에 복종하지 않을 수도 있는 유일한 사람, 그가 바로 자신의 남편이었습니다. 여왕은 흥분을 가라앉히고 다정하게 말했습니다.

"열어주세요. 저예요, 당신의 아내예요."

곧 문이 스르르 열렸습니다.

사랑은 서로에게 군림하거나 복종하지 않는
아름다운 관계입니다.

사랑은 서로에게 예속되거나 집착하지 않습니다.
사랑은 서로를 억압하지 않습니다.
사랑은 서로를 지배하지 않습니다.
사랑은 자유로움 속의 이끌림입니다.

그래서 둘이 하나된 사랑은
그 무엇이든 헤쳐 나갈 수 있는
넉넉한 힘을 가지고 있습니다.

13

# 행운은 어디서 오는가

남에게 줄 수 없는 것이 있다면,
당신이 그것을 소유하고 있는 것이 아니라
그것이 당신을 소유하고 있는 것이다. | **아이번 볼**

폭풍우가 몰아치던 어느 날 밤, 노부부가 작은 호텔에 들어와 방을 찾았습니다. 그러나 호텔방은 이미 만원이었습니다. 노부부는 폭풍우가 몰아치는 거리로 다시 나가야만 한다는 사실에 무척 난감한 표정을 지으며 우두커니 서 있었습니다. 다른 호텔도 모두 만원이었기에 더 이상 갈 곳도 없는 터였습니다. 그때 그들 앞으로 한 호텔 종업원이 다가와 말했습니다.

"이렇게 비바람이 몰아치는 밤에 나이 드신 분들을 컴컴한 거리에서 마냥 서성이게 할 수는 없지요. 불편하시겠지만 괜찮으시다면 오늘은 제 방에서 주무십시오."

노부부는 한동안 망설였지만, 종업원의 강력한 권유로 그의 방에서 하룻밤을

묵었습니다.

다음 날 아침, 노부부는 계산을 하면서 종업원에게 말했습니다.

"당신을 위해 미국에서 제일 좋은 호텔을 지어 주겠소."

그러자 종업원은 조용히 웃기만 했습니다.

몇 년이 지난 후, 이 종업원은 그 노부부로부터 뉴욕으로 초청하는 편지를 받았습니다. 종업원이 뉴욕에 도착하자 노부부는 웅장한 새 건물이 서 있는 5번가와 34번가가 교차되는 길모퉁이로 그를 데리고 갔습니다.

"이것이 바로 내가 당신에게 지어 주기로 한 호텔입니다."

이 노인은 윌리엄 월도프 아스토였고 이 호텔이 그 유명한 월도프 아스토리아 호텔이었습니다. 젊은 종업원 조지시 볼트는 이 호텔의 첫 지배인이 되었습니다.

폭풍 치던 밤의 작은 친절이 노부부의 마음을 움직였고, 그 종업원은 노인들의 마음속에 믿고 신뢰할 수 있는 사람으로 남아 있게 되었습니다.

순수한 마음에서 나오는 작은 친절은 잊혀지지 않는 고마움으로 남아 언젠가는 그 보답이 돌아오게 될 것입니다. 참마음에서 우러나오는 작은 친절의 값은 실로 엄청납니다.

'모르는 사람에게 베푸는 친절은
천사에게 베푸는 친절과 같다'고 했습니다.

낯선 거리를 헤매다 길을 물었을 때

친절하게 길을 가르쳐주는 사람을 만나면
천사를 만난 것처럼 가슴이 따뜻해집니다.
만약 여행 중일 때라면 여행은 갑절로 즐거워질 것입니다.

친절은 그렇게 어려운 것이 아닙니다.
상대방의 입장에서 바라보고
그가 필요한 것을 해주는 것입니다.
친절은 사람과 사람을 즐겁게 해주는 아름다운 끈입니다.
환하게 웃는 얼굴과 상냥한 마음씨만 가지고 있으면
누구나 베풀 수 있습니다.

먼저 친절하게 웃으며 상대에게 말을 걸어보세요.
그도 마음을 열고 응답해올 것입니다.

친절의 대가는
상대가 보여주는 기쁜 얼굴,
환한 미소입니다.
누군가를 진심으로 즐겁게 해준다면
나의 인생이 더욱 풍요로워질 것입니다.

사람들을 친절하게 대해주세요.
친절은 삶을 풍요롭게 하는 가장 쉬운 방법입니다.

14

# 부자의 씀씀이

큰 일이든 작은 일이든 절약하여야 한다.
왜냐하면 낭비가 필수품마저도 갖지 못한
많은 사람들에 대한 부당한 행위이기 때문이다. | **카알 힐티**

1950년 경 미국에서 있었던 일입니다. 그 당시 포드 자동차 회사는 1분에 한 대의 자동차를 생산하는 큰 규모의 회사였습니다. 어느 날 한 사회사업가가 포드 사장을 찾아갔습니다.

사장실에 들어선 사회사업가는 깜짝 놀랐습니다. 포드 사장은 양초 두 자루를 켜 놓고 독서를 하고 있었습니다. 사회사업가는 공손히 인사를 한 후 한 불쌍한 어린이를 위해 기부금을 내달라고 부탁을 했습니다. 그러자 사장은 그를 잠시 기다리게 하고 촛불 하나를 입으로 불어 끄고 말했습니다.

"이제 이야기를 계속하시지오."

"그런데 사장님께서는 왜 제 말을 가로막아 가면서까지 촛불 하나를 끄셨는지요?"

사회사업가가 이렇게 묻자 포드 사장이 대답했습니다.

"조금 전까지는 내가 독서를 하고 있으니 두 자루의 양초가 필요했지만, 이제 당신과 얘기를 나눌 때에는 한 자루의 양초만 있어도 충분하지 않을까요?"

잠시 더 이야기를 나눈 포드 사장은 큰 액수가 적힌 수표 한 장을 그에게 건네주며 뜻있게 쓰라고 격려했습니다.

---

부자의 검소함은 아름다운 본보기가 됩니다.
얼마든지 과시할 수 있는 부를 가지고도
허영과 사치를 멀리한다면 본받을 만합니다.
재물을 쌓기만 하고 쓰지 않는다면
그 재물은 무용지물에 불과합니다.
쓸 곳에는 제대로 쓰고
나눌 곳에는 확실히 나누는 사람이
진정한 부자입니다.

아무리 가진 것이 많아도 인색한 씀씀이는
그의 삶을 비루하게 만듭니다.
풍요로운 물질이

풍요로운 삶을 만들어주지는 않습니다.

나눔이 삶을 풍요롭게 합니다.
가진 것이 많지 않아도
이웃을 돌아보고 베푸는 사람들이 있습니다.
혼수 비용을 아껴
가난한 학생들의 학비를 대고
칠순 잔치 비용으로
가난한 집 아기들에게 분유를 선물하고
휴가비를 떼내어
가난한 노인들의 내의를 선물하는 사람들…….

이들이 가진 것은 '부자'의 기준에 미치지 못하지만
이들이야말로 부자입니다.
풍성하게 나눌 것이 있기 때문입니다.

부자가 되면 나누는 것이 아니라
나누는 사람이 부자입니다.

15

# 마음을 움직여라

스스로 노력을 했지만 뜻대로 되지 않는 것은
하느님의 뜻이다. 그러나 일을 게을리해서 성취시키지 못하는 것은
자기 자신의 죄이다. | **피프테**

강철왕 앤드류 카네기는 미국 제강업을 세계 정상으로 끌어올리는 데 절대적 공헌을 한 인물입니다. 그는 카네기 공과대학, 카네기 교육진흥재단 등을 설립했으며 《승리의 민주주의》《실업의 왕국》《오늘의 문제》 등 유명한 저서도 남겼습니다.

카네기의 어머니는 의사나 조산원의 도움도 없이 그를 낳았습니다. 병원이나 조산원에 갈 수 없을 만큼 가난했기 때문이었습니다.

어린 시절 앤드류 카네기는 우연히 새끼를 밴 토끼를 한 마리 붙잡았습니다. 며칠 후 어미가 새끼를 낳았는데 그들에게 줄 먹이가 없었습니다. 다행히 그에게 묘안이 떠올랐습니다. 그는 친구들을 향해 소리쳤습니다.

"얘들아, 토끼풀을 뜯어주렴. 그러면 이 토끼들에게 너희들 이름을 붙여줄게."

이 제안은 마법과 같은 효과를 냈습니다. 친구들은 저마다 토끼풀을 한 아름씩 뜯어와 토끼들에게 먹이기에 여념이 없었습니다.

기업가가 된 후에도 카네기는 사람들의 이런 심리를 이용해 크게 덕을 보았습니다.

펜실베이니아 철도 회사에 강철 레일을 판매하고자 했을 때 당시 그 회사의 사장 이름이 J. 에드거 톰슨이라는 사실을 알고 카네기는 피츠버그에 큰 제강소를 세우면서 그 제강소의 이름을 'J. 에드거 톰슨 제강소'라고 붙였습니다. 톰슨은 크게 기뻐하면서 자신의 이름이 붙은 제강소로부터 레일을 사들이는 계약을 흔쾌히 받아들였습니다.

혹시 지금 하는 일이 잘 되지 않고 있나요?
만일 그렇다면
늘 같은 방식으로 생각하고
늘 같은 방법으로 일하고 있는 것은 아닌가요.
지금이 변화가 필요한 때는 아닐까요.

시대가 변하고, 상황이 바뀌어도
늘 하던 방식으로 하면서

뭔가 좋은 일이 일어나기를
갑자기 행운이 찾아오기를
기대하고 있지는 않은가요.

환경이 아무리 어려워도
잘 헤쳐 나가는 이들이 있습니다.
그들의 공통점은
원망하는 데 시간을 보내지 않고
뭔가 다른 방법을 생각한다는 것입니다.
이런 사람만이 새 길을 만들고
그 길에서 성공을 창조해냅니다.

새로운 시도를 하고 싶다면
그 무엇보다 자신을 믿으세요.
자신의 손으로 성공의 열매를 딸 수 있는 첫 걸음은
자신이 '그렇게 되리라' 믿는 것입니다.
지혜도 자신을 믿는 마음에서 나옵니다.
자신을 믿지 않으면 아무것도 이뤄낼 수 없습니다.

16

# 원석을 다듬어야 보석

인생의 괴로움을 두려워하지도 슬퍼하지도 말라.
이를 참고 견디며 이기고 나아가는 것이 인생이다.
인생의 희망은 늘 괴로운 언덕길 너머에서 기다리고 있는 것이다. | **베를렌드**

영국의 극작가이며 비평가인 버나드 쇼의 아버지는 게으름뱅이에다 술주정꾼이었습니다. 그는 가족을 돌보지 않고 술독에만 빠져 지냈습니다. 15세의 버나드 쇼가 일자리를 구해야만 생계를 꾸릴 수 있었습니다.

쇼는 20세에 고향 더블린을 떠나 런던에 가서 몇 달 동안이나 방황했습니다.

어느 날 저녁 일거리를 찾아다니다가 어떤 토론회장에 가게 되었습니다. 거기에서 큰 감동을 받은 쇼는 자기도 토론회에 참가해보려고 했습니다. 하지만 결과는 웃음거리가 되고 말았으며, 자신의 형편없는 말솜씨를 부끄럽게 여겨야만 했습니다. 그러나 낙심하지 않고 토론회가 열린다고만 하면 어디든지 부지런히 찾아다녔습니다. 그 후에도 토론회장에서 여러 번 실패는 했지만 열심히 노력한 결과 나름대로 토론의 비결을 발견하여 드디어 훌륭한 토론가가 되었습니다. 강연회 초청장이 여기저기에서 들어와 12년 간이나 연설자로 돌아다니게 된 것입니다.

그는 또 문필가로 명성을 얻으려고 글을 써보았으나 역시 많은 난관에 부딪혔습니다. 실망도 많이 하였으나 낙심하지 않고 글을 쓴 결과 세계적인 작가로 명성을 떨쳤고 더불어 부귀도 손에 쥐는 인기 명사가 되었습니다.

---

남들에게는 있는 능력이 자신에게만 없다고
생각하고 있지 않은지요.
나도 누구처럼 타고난 재능이 있다면
지금과 다른 삶을 살았을 거라고
한탄하고 있지는 않은지요.

자신에 대해 깊이 생각해보십시오.
무엇을 잘 하는지
무엇을 하면 즐거운지
무엇을 하면 사람들이 기뻐하는지.
자신에게 없는 것에 대한 한탄보다
가진 것을 찾아내는 것이 먼저입니다.

가진 재능이 남들보다 뛰어나야 하는 것은 아닙니다.
재능을 빛내는 것은 크기보다 갈고 닦는 정성입니다.
뛰어난 재능을 가졌다 해도
노력하지 않으면 제대로 그 빛을 발할 수 없습니다.

재능은 하늘이 내게 준 원석입니다.
그 원석이 아름다운 빛을 내는 것은
어떻게 갈고 닦느냐에 달려 있습니다.

아직 숨겨진 채 발견해주기를 기다리는 원석이
지금 당신에게 없을까요?

# 17

# 포기는 언제 하는가

아무것도 시도할 용기를 갖지 못한다면
인생은 대체 무엇이겠는가. | **빈센트 반 고흐**

〈빠삐용〉이란 영화를 본 적이 있나요. 〈빠삐용〉은 실화를 영화한 것으로 줄거리를 잠깐 소개하면 이렇습니다.

가슴에 나비의 문신이 있는 앙리 샤리에르는 '빠삐용'이라는 별명으로 불리는, 종신형을 선고받은 죄수입니다. 혹독한 더위와 가혹한 강제노동, 그리고 자기에게 씌워진 살인죄란 누명을 벗기 위해 남미 프랑스령의 악명 높은 기아나 형무소에서 탈옥을 꾀하나 실패하여, 공포의 조셉 섬 형무소의 독방에 2년 간 갇히고 맙니다. 일단 들어가기만 하면 아무도 살아나오지 못한다는 지옥의 독방에서 그는 바닥에 기어다니는 지네나 바퀴를 잡아먹으며 겨우 연명합니다.

온갖 고초 끝에 독방형을 마치고 다시 상 로랑 형무소로 돌아오자 이번에는 채권 위조범 루이 드가 등과 다시 탈주하지만, 동료들은 모두 살해되거나 잡히고 빠삐용만 독화살을 맞아 바다에 빠지는데, 정신을 차려보니 콜롬비아의 해안이었습니다. 여기서 수도원 원장의 밀고로 다시 체포되어 5년의 독방형을 받습니다.

지옥 같은 형벌까지 견뎌낸 후 이번에는 상어와 험한 파도로 둘러싸여 탈출이 절대로 불가능하다는 이른바 악마도로 이송되어 비교적 편안한 형기(刑期)를 보냅니다. 그러나 이곳에서도 인생을 체념하여 얼마 남지 않은 여생을 이 고도에서 보내려는 드가와 달리 빠삐용은 매일 절벽에서 야자 열매를 바다로 던져 해류의 흐름을 연구합니다. 머리는 이미 백발이 되었고 이도 몽땅 빠진 몰골에 발은 고문 끝에 뼈를 다쳐 절룩거리는 빠삐용은 드디어 결행의 날, 수십 미터의 절벽에서 야자 열매를 담은 부대와 함께 바다로 뛰어내립니다. 빠삐용은 멀리 수평선으로 차차 멀어져 가고, 단 하나의 동료였던 드가는 이를 물끄러미 지켜보다가 쓸쓸히 발길을 돌립니다.

이 영화는 위에서도 말했듯이 허구가 아닌 한 무기징역수의 생생한 실록 자서전 《빠삐용》을 각색한 것이며, 주인공 앙리 샤리에르가 바로 그 자서전의 저자입니다. 그의 불굴의 의지에 대해 사람마다 다른 판단을 할 수 있을 것입니다. 그렇지만 〈빠삐용〉은 행복이 무엇이며 인생이 무엇인가에 대하여 많은 것을 생각하게 하는 영화임은 분명합니다.

자신의 꿈을 현실의 틀 안에 가두어 두고 있지는 않은가요.
"불가능한 것을 꿈꾸라"는 말이 있습니다.
꿈은 당장 실현가능한 것이 아니라
미래에 자신이 얻고자 하는 것,
그것을 바라보고 자신을 움직이게 하는 원동력입니다.

현실적으로 불가능해 보인다고 해서
꿈조차 꾸지 말라는 법은 없습니다.
아직은 멀리 보일지라도
조금씩 꾸준히
꿈을 향해 움직여 나아가다보면
어느 순간 꿈으로 도약할 수 있는 멋진 기회가 올 것입니다.
아무것도 하지 않는 자에게
어떤 기회가 올 리가 없습니다.

자유롭게 꿈을 선택하고
자유롭게 도전할 수 있다는 것만으로도
충분한 조건이 되어 있는 것입니다.
꿈은 자신의 의지가 포기하는 것이지
조건이 포기하게 만드는 것이 아닙니다.

꼭 도달하고 싶은 꿈이 있다면
어떠한 장애물도 뛰어넘을 수 있습니다.
그 시기를 빨리 앞당기고 싶은 조급함이
조금 더 편하게 성취하고 싶은 게으름이
꿈을 방해할 뿐입니다.

포기하지 마세요.
이렇게 끝내기엔
지금 살고 있는 인생이 너무 아깝지 않습니까?

# 사랑이 창조한다

어린이는 눈썹이 눈을 보호하는 것처럼 그 영혼을 지킨다.
그리하여 사랑이라는 열쇠 없이는
아무도 그 영혼 속으로 들어갈 수 없다. | **존 러스킨**

극작가 배리 경이 어느 가정을 방문했습니다.

어린 사내아이와 단 둘이 사는 어머니가 과자 접시를 배리 경에게 권했습니다. 그러자 그 사내아이는 쉴 새 없이 그 과자를 먹어치웠습니다. 보다 못한 어머니가 사내아이를 꾸짖었습니다.

"더 이상 과자를 먹으면 내일은 꼭 병에 걸리고 말 거야. 알겠니, 해리?"

그러자 사내아이는 다시 한 개의 과자를 집어 들며 말했습니다.

"나 오늘부터 병에 걸리고 싶어, 엄마!"

옆에 앉아 있던 배리 경은 그 사내아이의 어리광을 무척 귀엽고 사랑스럽게 여겼습니다. 그래서 방금 있었던 장면을 자기 작품에 인용할 수 있도록 허락해준다면 1실링을 주겠다고 말했습니다.

이 장면은 그 유명한 배리의 작품인 《피터 팬》에 사용되었습니다.

---

아주 단편적인 에피소드 하나로 대하 드라마를 만들어내는 사람
아주 평범한 것을 아주 특별하게 보이도록 만드는 사람
아주 작은 것에서 자신만의 특별한 아이디어를 얻어내는 사람
그런 사람들의 공통점이 있습니다.
바로 자신의 일을 사랑하는 것입니다.

자신이 하는 일을 좋아하는 사람은
주변에서 일어나는 모든 일들을 자신이 하는 일과 연관 짓습니다.
그래서 같은 말, 같은 이야기라도
다른 이들과 다르게 생각하거나 새롭게 해석합니다.
창조적인 사람은
특별할 것이 없는 상대방의 말이나 행동에서도
반짝이는 아이디어를 얻고
작은 실마리 하나로 전혀 새로운 세계를 만들어냅니다.

창조는 사랑하는 마음에서 나옵니다.

내 일을 사랑하는 마음이
아주 작은 것을 아주 특별하게 만들어냅니다.
중요한 것은 상대방의 말이나 행동이 아니라
내가 내 일을 얼마나 사랑하는가,
얼마나 소중하게 생각하는가입니다.

한 번뿐인 인생을 아름답게 사는
가장 좋은 방법은
자신이 하는 일을 사랑하는 것
자신이 하는 일을 즐겁게 하는 것
힘들지만 보람을 느끼며 하는 것입니다.
자기가 하고 싶은 일을 하며 사는 것도 행복하지만
자기가 하는 일에 최선을 다하며 사는 것 또한 멋진 인생입니다.

제 2 장

# 삶을 바꾸는 말 한마디

19

# 기회는 누구에게 올까

나는 행운이란 준비와 기회의 만남이라 생각한다. | **오프라 윈프리**

언젠가 뉴욕의 일류 연극 평론가들이 모여 세계 최고의 희곡 10편을 선정한 적이 있습니다. 1위는 〈햄릿〉이었고, 2위는 리어왕도 오델로도 아닌, 엉뚱하게도 서머셋 몸의 〈비(雨)〉였습니다. 비는 몸의 단편소설 〈세디 톰슨〉을 극화한 것인데 이 걸작으로 몸은 20만 달러의 수익을 올렸습니다. 그러나 그 각본을 쓰는 데는 5분도 걸리지 않았습니다.

이제는 몸을 천재라고 부르는 사람도 많지만 작가가 되고 나서 처음 11년 간 그는 경제적으로 실패자였습니다. 11년 동안 장편과 단편을 썼지만 그것으로부터 얻은 수익은 1년에 겨우 5백 달러였습니다. 그러던 그가 후에 백만 달러의 대작가가 될 줄 누가 짐작이라도 했을까요.

그동안 그는 끼니를 때우는 일조차 어려운 때도 있었습니다. 최소한 고정수입이 있는 잡지사의 주필 자리라도 얻어보려고 애썼지만 그런 일자리는 다른 사람 몫이었습니다.

"어쨌든 열심히 쓰는 도리밖에 없을 것 같다. 나는 한 직장에 오래 붙어 있지 못하는 성격이니까."

하면서도 몸은 '어떻게든 영국문학사에 이름을 남겨야 한다'는 결의만은 버리지 않았습니다.

몸이 처음으로 기회를 잡았던 〈프레드릭 부인〉의 공연이 성공한 데에는 에피소드가 있습니다.

런던의 어느 극장이 공연만 하면 실패로 끝나자 다음 작품의 리허설에 들어가기까지 공백 기간에 무대에 올릴 작품을 찾고 있었습니다. 그때 지배인이 서랍을 뒤져보니 몸의 작품이 하나 나왔습니다. 제목은 〈프레드릭 부인〉이었습니다. 사실은 1년 동안이나 서랍 속에 처박혀 있던 각본으로 한 번 읽고서 별것 아니라고 생각해 내팽개쳐 둔 것이었습니다.

2~3주는 버틸 수 있을 것이라는 생각으로 그 작품을 무대 위에 올렸습니다. 그런데 기적이 일어나 대성공을 거두며 런던 전역에 커다란 센세이션을 일으켰습니다. 유명한 오스카 와일드의 연극 이래 그때까지 그만큼 인기를 끈 연극은 없었습니다.

각본을 써달라는 주문이 쇄도하자 몸은 그동안 써두었던 각본을 책상 서랍에서 찾아내 하나씩 주었는데 모든 연극마다 대성공이었습니다. 11년 동안의 무명시대가 눈 녹듯이 사라지고 몸은 영국 극단 최고의 인기 작가로 부상했습니다.

자기가 하고 싶은 일을 한다는 것은
하나를 선택한다는 것이고,
선택을 하면 그 외의 다른 많은 것을 포기해야 합니다.
이것을 '기회비용'이라고 하지요.
이 기회비용을 지불할 수 있는 용기를 가질 때만
사람은 자기가 하고 싶은 일을 할 수 있습니다.

자기가 하고 싶은 일을 하며 산다는 것은
유혹에 흔들리지 않을 만큼
단단한 의지가 있다는 뜻입니다.
더 빛나고, 더 소득이 많고, 더 편한
다른 일들의 유혹에 흔들리지 않아야 합니다.
성과는 아직 눈에 보이지 않고
기약 없는 도전을 계속해야 할 때도
'포기하라'는 속삭임에 흔들리지 않아야 합니다.

자기가 하고 싶은 일을 하며 산다는 것은
온 열정을 불사르는 것입니다.
그저 한번 해보는 정도로는 성에 차지 않습니다.
열정은 끈기를 불러일으킵니다.
억지로 노력하지 않아도 지속할 힘이 생깁니다.

그러는 사이에 실력이 성장하고 성숙합니다.
때가 되면
송곳이 주머니를 뚫고 나오듯이
성장한 실력은 드러나기 마련이고
숨어 있던 재능은 빛을 발하게 될 것입니다.

듣기 좋은 말이 아니라
우리가 선망하는 사람들의 삶이
그것을 증명해주고 있습니다.

20

# 약점도 활용하기 나름

비관론자들은 기회가 왔을 때 위험을 보고,
낙관론자들은 고난이 와도 기회로 본다. | **처칠**

20세기 최고의 지휘자 중 한 사람으로 꼽히는 토스카니니는 원래 지휘자가 아니고 첼로 연주자였습니다. 그는 매우 심한 근시였기 때문에 연주를 할 때 악보를 볼 수 없어서 평소에 악보를 모두 외워야 했습니다.

어느 날, 중요한 연주회를 앞두고 지휘자가 갑작스럽게 입원을 하게 되었습니다. 그래서 악보를 다 외우고 있던 토스카니니가 지휘자를 대신하여 지휘봉을 잡았습니다. 당시 19세였던 토스카니니는 이 일을 계기로 지휘를 시작해 세계 최고의 지휘자 반열에 오르게 되었습니다.

우리에게 닥친 어려움은 고통인 동시에 잠재 능력을 키울 수 있는 기회입니다.

근시 극복을 위해 남다른 노력을 기울인 결과, 명지휘자로 거듭날 수 있었던 토스카니니처럼 저마다 안고 있는 어려움을 최선을 다해 풀어나가면 어느 날 갑자기 전혀 예상치 못했던 영광의 순간을 맞게 될 것입니다.

지금
내가 조절할 수 없는 선천적인 약점이
늘 내 인생에 걸림돌이 된다고 원망하고 있나요.

우리는 흔히
'내가 좀 더 키가 컸더라면…….'
'내가 숫자만 잘 다룰 수 있었다면…….'
'내가 선천적으로 아침형 인간이었다면…….'
"인생이 달라졌을 텐데!" 하고
자신이 성공하지 못한 이유로 약점이나 단점을 탓합니다.

약점이란 없는
완벽한 인간이었다면
내가 원하는 대로 모든 것이 잘 되었을까요.
그때는 또 다른 원망이나 핑곗거리를 찾진 않을까요.

자신이 가진 조건이 무엇이든 그 자체보다는
그 조건에 어떻게 대처하느냐가 더 중요합니다.
때론 약점을 극복하려는 노력이
성공의 열쇠가 되기도 하고
가장 큰 장점이 예기치 않게 걸림돌이 되기도 합니다.

인생의 방향이 공식대로 흘러가는 것이 아니기 때문입니다.

약점은 사람을 겸손하게 만들기도 하고
그것을 대신할
다른 능력을 더 계발하게 만들기도 합니다.

당신은 약점을 어떻게 사용하고 있습니까.
게으름을 변명하는 핑계로 삼거나
나태함의 방패막이로
'유용하게' 사용하고 있지는 않은지요.

21

# 아는 척하지 않을 용기

무지라는 이름의 집에는
너의 영혼을 비춰볼 거울이 없다. | **칼릴 지브란**

1차대전 직전 벨기에 앨버트 왕이 콩고 식민지 추장을 접대하게 되었습니다. 저녁 식사가 끝나고 오케스트라가 연주를 시작하기 전에 단원들이 음조를 맞추고 있는 사이 왕이 추장에게 물었습니다.

"무슨 곡을 좋아하시오?"

그러자 추장이 대답했습니다.

"바로 저 곡이오."

아는 것은 안다고 하고
모르는 것은 모른다고 하는 것이
참 쉬운 일 같지만
말처럼 쉽지가 않습니다.

창피해서, 자존심 때문에, 지기 싫어서
모르는 것을 안다고 하거나
아는 척하게 됩니다.

모르는 것을 모른다면 했으면
쉽게 끝났을 일이 선불리 아는 척하는 바람에
더 많은 사람들에게
더 큰 창피를 당하게 되는 경우도 생깁니다.

남들이 알고 있는 것을
나만 모른다고 밝히면 잠시 민망한 마음이 들긴 하지만
명쾌하게 인정하고 나면
그다음부터는 그다음의 이야기가 자연스럽게 이어질 수 있습니다.
알지 못하는 부분은 아는 사람에게 설명할 기회를 주고
그 사람의 식견을 칭찬하면 됩니다.
칭찬은 상대에게 좋은 선물입니다.

모르는 것을 안다고 한 이후에 갖게 될
부담과 불안함보다
모른다고 솔직히 말하고 얻는 편안함이
서로의 관계를 훨씬 부드럽고 풍요롭게 만듭니다.

22

# 기준을 지키는 사람 기준을 만드는 사람

굳은 인내와 노력이 없었던 천재는
이 세상에 존재하지 않았다. | **아이작 뉴턴**

스티븐 연구소에 근무하는 인간공학의 권위자인 오코너 박사는 어느 날 기자에게 "모든 적성 검사에서 나쁜 성적만 받은 사람이 있느냐?"라는 질문을 받았습니다. 이때 박사는 이렇게 대답했습니다.

"아주 소수이긴 하지만 모든 결과에서 나쁜 결과가 나오는 사람도 있었습니다. 평균적으로 8천 명 중에 한 명으로 모든 검사에서 조치 불가라는 결과가 나옵니다."

박사의 대답을 들은 기자가 다시 물었습니다.

"그런 사람들은 어떻게 도와주고 계십니까?"

그러자 박사는 손을 저으며 대답했습니다.

"아무것도 도와주지 않습니다. 별로 걱정할 필요가 없기 때문입니다. 그런 사람들은 우리를 조금도 성가시게 하지 않습니다. 왜냐하면 보통 회사 사장이나 자유업에 종사하고 있기 때문입니다."

박사의 대답에 납득이 가지 않는다는 표정을 지은 기자는 질문을 이어갔습니다.

"천부적인 재능이 전혀 없는 사람이 어떻게 사장이 될 수 있습니까?"

그러자 박사는 미소를 보이며 명쾌하게 대답했습니다.

"이런 사람들은 어떤 일도 쉽게 습득하지 못합니다. 그래서 젊었을 때 끈기 있게 일에 매달립니다. 오랜 시간 열심히 일을 하다보면 그만큼 끈기가 생기고 인간의 가장 큰 자산인 용기와 경험이 축적됩니다. 이것이 성공의 동력이 되는 것입니다."

---

어떤 틀에 들어가지 않는 사람들이 있습니다.
이들은 남들과 잘 섞이지 못하고
정해 놓은 평가서에서 좋은 점수를 받을 수 없습니다.
사람들의 눈에 두드러져 보이지도 않습니다.
홀로 떨어져 지내서 사람들의 눈에 잘 띄지 않거나
아무런 특징을 보이지 않아 눈에 띄지 않기도 합니다.

기준에 잘 맞는 사람들은 그 기준을 더 튼튼히 하는 데 기여하지만

기준에 잘 맞지 않는 사람들은
기준을 바꾸는 사람이 되기도 합니다.

세상에는 여러 부류의 사람들이 필요합니다.
이미 세워 놓은 기준에 충실히 맞춰서
세상을 안정되게 하는 사람들도 있어야 하고
새로운 기준을 만들어
새로운 세상을 창조하는 사람들도 있어야 합니다.

나에게든 남에게든
이미 있는 기준으로, 이미 있는 잣대로
성급하게 결론 내리지 마세요.

무엇이든 내가 가진 것들을 억지로 재단하려 들지 말고
그냥 있는 모양대로 내버려두면
잘 자랄 수 있는 것은 잘 자라고
사라져버릴 것은 사라질 것입니다.

23

# 편견을 깨라!

결코 예술이 대중성을 띠려고 노력해서는 안 된다.
대중 스스로가 예술적이 되도록 노력해야 한다. | **오스카 와일드**

어떤 음악회에서 사정이 생겨 예정된 순서를 바꾸어 연주를 하게 되었습니다. 두 번째 곡이었던 모차르트를 먼저 연주하고 폴란드 작곡가 루토슬로스키를 다음 순서로 미루었습니다.

모차르트 연주가 끝나자 뒷자리에 앉았던 노인이 부인에게 물었습니다.

"지금 누구의 곡을 연주한 거요?"

그러자 부인이 팸플릿에 실려 있는 공연순서를 보더니 폴란드 작곡가의 곡이라고 말해주었습니다. 그 말을 들은 노인이 그럴 줄 알았다는 듯이 대답했습니다.

"그래, 그렇지. 요즘 젊은이들은 형편없다구."

"편견을 깨는 것보다
원자핵 하나를 쪼개는 게 더 쉽다."
아인슈타인의 명언입니다.
한 번 들어선 편견을 깨기가
얼마나 어려운지를 잘 보여주는 말입니다.

편견은
부당하고 공정하지 못하다는 것을 잘 알면서도
나도 모르는 사이에
어느 틈엔가 내 안에 자리잡곤 합니다.

잘 알지도 못하면서
한 번도 만난 적이 없으면서
한 번도 겪은 적이 없으면서
누군가의 말 때문에, 속설 때문에, 이미지 때문에
편견을 갖고 판단하게 됩니다.
편견은 또 다른 편견을 낳고
그 편견 때문에 나 자신이 부당한 대우를
받을 수도 있는데 말입니다.

사물이든 사람이든

내가 보고, 내가 듣고, 내가 겪은 것을
토대로 판단해야 합니다.
그 대상 자체보다 이미 들어와 있는 편견에 의존할 때
무고한 사람에겐 큰 상처를 주고
자신은 점점 더 편견에 갇혀
편협한 사람이 되고 맙니다.

편견은 다른 그 누구가 아닌
나 자신의 성장에
그리고 내가 살아가는 세상에
걸림돌이 된다는 것을 기억해야 합니다.

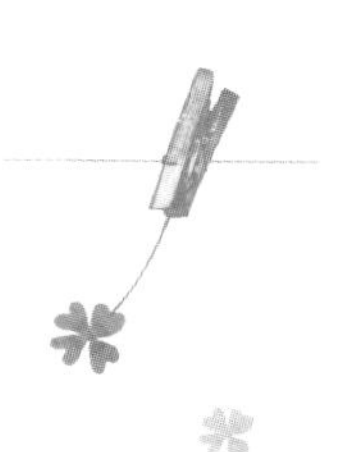

24

# 배려는 실력에서 나온다

행복해지기를 원하거든 작은 일에서 기쁨을 발견하는
마음의 눈을 길러야 한다. 작은 일에서 즐거움을 얻는 일에 익숙해질수록
행복지수는 높아지는 것이다. | 핸리 워드 비치

소프라노 조안 서덜랜드가 런던에서 오페라 〈루치아노 디 람베르모르〉를 공연할 때의 이야깁니다. 이 오페라는 조안이 영국에서 처음 하는 공연으로 미리부터 많은 사람들의 관심을 끌었습니다. 당시 연출자는 프랑코 제피렐리로, 그는 자만심이 많은 프리마돈나로 알려진 조안이 자신의 뜻에 잘 따를지 몹시 걱정이 되었습니다.

연습이 계속되는 동안에도 프랑코는 여주인공인 조안이 맡은 역을 제대로 해낼지 여전히 의문스러웠습니다. 그런데 공연이 임박할 무렵 조안의 상대역인 테너 주앙 지빈이 갑자기 병이 나고 말았습니다. 공연을 미루든지 아니면

취소해야만 했습니다. 그러나 주앙이 출연을 고집해 오페라는 예정대로 열리게 되었습니다. 그 공연은 주앙의 목소리가 평소처럼 우렁차지 못할 것이기 때문에 당연히 조안의 실력을 뽐낼 수 있는 좋은 기회였습니다. 이러한 사실은 삽시간에 많은 사람들에게 퍼져 나갔습니다.

이윽고 막이 올랐습니다. 먼저 주앙이 노래를 불렀습니다. 그의 목소리는 예상대로 매우 작았습니다. 그다음 조안의 아리아가 이어졌습니다. 그런데 그녀는 놀랍게도 남자배우 주앙의 목소리에 맞추기 위해 자신의 목소리를 자제하고 가장 약한 피아니시모로 노래를 부르는 것이었습니다. 그녀의 아름다운 아리아가 끝날 때까지 청중은 숨을 죽이고 있었습니다.

마침내 조안이 노래를 끝마쳤을 때 청중들은 자리에서 하나 둘 일어나 박수를 치기 시작했습니다. 청중들은 조안의 뜻밖의 행동에 감동하여 무려 10분 동안이나 극장이 떠나갈 듯한 기립 박수를 보냈습니다.

그날 밤 오페라 공연은 비록 주인공들의 목소리는 작았지만 가장 아름다운 공연으로 기억되었습니다. 그리고 조안은 영국인들의 스타가 되었습니다.

---

모두가 함께 호흡을 맞춰야 하는 일에서
나 혼자 돋보일 수 있는 기회가 왔다면
어떻게 하시겠습니까.

내 존재감을 한껏 뽐낼 수 있는 절호의 찬스

정말 놓치기 아깝습니다.

하지만 전제 조건을 다시 한번 생각해 보십시오.
'모두가 함께 호흡을 맞춰야 하는 일'이란
단서가 붙어 있습니다.

함께 호흡을 맞춰야 하는 일에
나 혼자 빛난다는 것은
조화로운 호흡을 깨고 혼자 튀겠다는 것입니다.
순간적인 스포트라이트를 받을 수는 있겠지만
팀 전체의 호흡은 망가지고 맙니다.

혼자서 하는 일은
과감한 개성을 발휘해도 좋고
색다른 도전도 필요하지만
팀이 돋보여야 할 때는
조화를 위해 자신을 낮출 줄 알아야 합니다.

다른 사람들보다 한층 뛰어나고
좀 더 높은 기량을 발휘할 수 있다 해도
그보다 전체의 조화를 선택할 수 있는 사람이야말로
진정한 실력자이고 강자입니다.

실력자의 배려는 눈에 띄게 마련이고
사람들의 마음에 감동의 꽃이 피게 합니다.
그 감동의 꽃이야말로
자신을 가장 돋보이게 만들어줄 것입니다.

# 25

# 재치로 맞서라

이기주의자는 타인의 이기주의를 용납하지 못한다. | **조세프 루**

조지 2세의 대관식 날. 성대한 대관식을 보기 위해 모여든 사람들로 런던은 북새통을 이뤘습니다. 길에는 시민들이 편안하게 관람할 좌석이 마련되어 있었지만 이미 빈자리는 없었습니다.

그런데 신사 한 사람이 앞좌석 벤치 위에 올라섰습니다. 뒤에 앉아 있는 사람들은 아마 곧 벤치에 앉으리라고 생각해서 기다리고 있었으나 그 몰지각한 신사는 전혀 앉으려는 기색이 없었습니다. 뒤에 앉은 사람이야 어찌 되었건 자기만 보면 된다는 이기적인 생각을 한 것이 분명했습니다. 그러자 뒷자리서 그 신사를 지켜보고 있던 필딩이라는 사람이 소리쳤습니다.

"저 신사는 자기 양말에 구멍이 크게 뚫린 것도 모르는가봐. 그걸 알게만 된다면 아마 틀림없이 벤치에 앉게 될 거야."

이 말을 듣자 그 신사는 황급히 벤치에 앉았습니다. 주위 사람들은 양말에 큰 구멍이 뚫린 것을 용케도 발견했구나 싶어서, 또 그것을 구경할 기회를 놓친 것을 아쉬워하는 듯 수군거렸습니다.

이윽고 그 신사가 다시 일어나더니 필딩에게 화를 냈습니다.

"내 양말에 큰 구멍이 뚫렸다구? 무슨 구멍이 나 있어?"

아마 그 신사는 구멍이 뚫렸다는 필딩의 핀잔을 듣고 얼른 주저앉아 남몰래 자기 양말을 살펴보았고, 그 결과 자기 양말에는 아무런 이상이 없다는 것을 확인하자 화가 치밀어오른 모양이었습니다.

"구멍이 없다구요?"

"그래. 내 양말은 멀쩡해. 어째서 그런 터무니없는 거짓말을 하지!"

"내 참, 여보시오. 양말에 구멍이 없으면 어떻게 신겠소?"

그러자 주위 사람들이 폭소를 터트렸습니다. 무안해진 그 신사는 황급히 그 자리를 떠났습니다.

---

화가 나는 때일수록
짜증이 일어나는 상황일수록
그 감정을 승화시킬 재치가 필요합니다.
재치란 다른 사람들에게도 웃음을 주지만

누구보다 자신에게 여유를 주기 때문입니다.

화가 나는 대로
짜증이 나는 대로
발산하면 그 당시는 시원할지 모르지만
서로의 맘에 상처를 남기고
그 이후의 여파를 감당하기 어렵습니다.

재치란 감정의 선을 넘을 것 같은 위기의 순간을
즐겁게 넘어갈 수 있게 해줄 뿐 아니라
상대방에게 해주고 싶은 말을
우회적이지만 정확하게 해줄 수 있는 방법입니다.

상대가 나를 화나게 했다고
나 역시 화로 응대하면
정작 내가 하고 싶었던 정당한 말조차
제대로 전달되지 않고
서로의 화만 상승시킬 뿐입니다.

재치는 마음의 여유에서 나옵니다.
상대가 마음에 들지 않을수록
상대가 화를 돋울수록

상대와 똑같은 방법으로 응대하지 않는 것이 여유입니다.

한 템포 쉬고, 한 번 더 생각해서 재치를 발휘하면
훨씬 부드러운 방식으로 내 뜻을 전달하고
상대방에게 문제를 깨닫게 할 수 있습니다.
이것이 재치가 가진 놀라운 힘입니다.

26

# 복도 웃는 얼굴에 깃든다

그대에게 유리한 기회가 없다고 하지 말라.
기회는 그쪽에서 찾아오는 것이 아니라 이쪽에서 발견해야 한다.
모든 기회는 그것을 볼 줄 알고 휘어잡을 줄 아는 사람이
나타나기까지는 잠자코 있다. | **로렌스 구울드**

작가 호퍼는 노동자 출신으로 오랫동안 실업자로 우울하게 하루하루를 보낸 시절이 있었습니다. 그는 로스앤젤레스 시에서 운영하는 무료 직업소개소에 아침마다 나가 일자리를 구했지만 일자리 얻기가 쉽지 않았습니다. 자신과 같은 처지에 있는 사람이 무려 5백 명이나 앉아 있었던 것입니다. 가끔 어떤 남자가 나타나 "잔디 깎을 사람이오! 가구 운반할 사람이오!"라고 소리치고는 거기 모인 5백 명의 사람들 중 한두 사람만 뽑아갔습니다. 호퍼는 속으로 생각했습니다.

'도대체 이 많은 사람 중에 무엇을 기준으로 한 사람을 뽑아가는 걸까? 그

것만 안다면 일자리를 구하기가 쉬울 텐데…….'

그는 그 비결을 찾기 위해 날마다 다른 방법을 써보았습니다. 하루는 맨가운데 앉아 보기도 하고 또 하루는 맨 앞에, 어느 땐 맨 뒤에 서 있기도 했습니다. 그러나 항상 다른 자리의 사람이 뽑혔습니다. 그래서 이번엔 좀 더 눈에 띄게 하기 위해서 책을 들고 있기도 하고 진한 색깔의 옷을 입어보기도 했습니다. 그 방법 역시 호퍼에게 일자리를 주지는 못했습니다. 그러다 문득 이런 생각이 들었습니다.

'맞아. 내가 정말 직업을 구하는 게 시급한 사람처럼 보이면 뽑히지 않을 거야. 행복하게 보이고 직업에는 별 관심이 없는 사람처럼 보인다면 가능성이 있을 거야.'

다음 날 호퍼는 얼굴에 가득 웃음을 띠우고 행복한 표정을 지으며 앉아 있었습니다. 그 자리엔 역시 수백 명의 사람들이 모여 있었습니다. 이윽고 한 사람이 들어와 무슨 일을 할 것인지 이야기를 하고 주위를 둘러보았습니다.

"저기 가운데 웃고 있는 사람!"

그는 호퍼를 가리키고 있었습니다. 그 뒤부터 호퍼는 매일 일자리를 얻을 수 있게 되었습니다.

---

웃음은 많은 것을 해결해주는 해결사입니다.
웃음 치료라는 치료법까지 있는 걸 보면
웃음은 그냥 기분을 좋게 하는 것을 넘어

신체적인 병을 치료하는 기능이 있는 것이 분명합니다.
웃음은 그만큼 적극적이고 강력한 행동입니다.

웃고 싶어도 웃을 일이 없다는 말들을 많이 합니다.
하지만 웃을 일이 있어서 웃는 게 아니라
웃다보면 웃을 일이 생깁니다.

웃을 일이 먼저가 아니라
웃는 것이 먼저입니다.

행복해지고 싶다면
아름다워지고 싶다면
가끔씩 거울을 보고 웃는 연습을 해보세요.

살아있다는 이유만으로
전화할 친구가 있다는 이유만으로
따뜻한 밥 한 공기를 먹을 수 있다는 이유만으로
비 오는 날 쓸 수 있는 우산이 있다는 이유만으로도
충분히 환하게 웃을 수 있습니다.

복도 웃는 얼굴에 깃든답니다.

27

# 날카로운 공격엔
# 무덤덤한 방패

지혜란 반드시 말의 지혜가 아니다.
두려움도 없고 미움도 없으며
착함을 지키는 것이 지혜로운 사람이다. | **법구경**

수학을 좋아해서 수학 문제를 풀 때면 옆에서 무슨 일이 일어나도 모르는 소년이 있었습니다. 언젠가 그 소년이 수학 문제 풀이에 열중하고 있을 때, 친구 하나가 그의 점심 도시락을 몰래 꺼내 먹고는 그가 어떻게 반응하는지 관찰해보았습니다.

한참을 수학 풀이에 매달려 있던 소년은 수학 문제를 다 풀고서야 배고픔을 느꼈는지 점심을 먹으려고 도시락을 찾았지만 음식은 없고 빈 도시락만 덩그러니 있었습니다. 그러자 소년이 말했습니다.

"아참, 아까 점심을 먹었나보다. 그걸 잊고 또 먹으려고 했네."

소년의 점심을 몰래 먹은 친구는 이 말을 듣고 어이가 없어서 소년에게 말했습니다.

"야, 이 바보야! 그 도시락은 내가 먹었단 말이야. 어떻게 너는 네가 점심을 먹었는지 안 먹었는지도 모르니?"

그러자 소년은 다시 중얼거렸습니다.

"아, 그랬어. 어쩐지 점심을 먹은 것 치고는 배가 너무 고프더라."

이 몰입력이 강하면서도 너그러운 소년이 바로 과학의 아버지 뉴턴입니다.

능력이 있는 사람일수록
개성이 강하고
까칠한 매력을 갖고 있는 경우가 많습니다.

하지만 때로는 무심함과 무덤덤함이
사람들을 감동시킵니다.

많은 사람들과 어울려 살아가야 하는 시대에는
상대의 행동에 반응하지 않으면
뭔가 억울한 피해를 보는 것처럼 생각됩니다.
하지만 사사건건 신경을 쓰고 일일이 대응하는 것은
스스로를 피곤하게 할 뿐입니다.

자신의 일에 최선을 다하고 있다면
다른 이들의 무례함에
일일이 대응하지 않아도 괜찮습니다.
자신의 일에 몰두하다 보면
주변에서 일어나는 자잘한 문제들에
관심을 가질 겨를도 없게 됩니다.

작은 문제에까지 신경을 쓰고
남의 눈을 의식하며 민감하게 반응하는 것보다는
무심하게 보아 넘길 줄도 알고
작은 일은 그냥 지나칠 수도 있어야
더 많은 사람을 포용하고, 보다 큰일을 해낼 수 있습니다.

날카로운 공격보다
무딘 덤덤함이 더 오래 버티게 하고
더 큰 성공을 만들어냅니다.

28

# 습관은 제2의 천성

좋은 습관이란 결정이나 논쟁 없이
영원히 지키고 싶은 행동을 말한다. | **그레첸 루빈**

로드 조지 헬이라는 악인이 있었습니다.

그는 늘 야비했고 난폭하기까지 했습니다. 사람들은 그를 두려워했고 그래서 마주치는 것도 꺼렸습니다. 어느 날 그는 아름답고 순결한 미어리라는 소녀를 만났고 사랑하게 되었습니다. 로드 조지 헬은 그녀에게 결혼해달라고 했습니다.

그러나 그 소녀는 '얼굴이 저렇게 무섭게 생긴 사람의 아내가 될 순 없어,' 라고 생각하여 그를 거절했습니다. 로드 조지 헬은 그녀와 결혼하고 싶어 고심한 끝에 세상에서 가장 거룩하고 인자하게 보이는 모습으로 자신을 위장하여 미어리에게 다시 청혼했습니다. 그리고는 드디어 그녀와 결혼했습니다. 그의 위선이 효과를 보인 것이지요.

결혼 생활을 해나가면서도 그는 날마다 그의 본성을 감추고 참을성 있고 너그럽게 보이려고 애를 썼습니다.

그러던 어느 날 옛 친구가 사랑하는 아내 앞에서 로드 조지 헬의 위선의 가면을 무자비하게 벗겨버렸습니다. 그런데 이상한 일이 일어났습니다. 그가 감추었던 원래 얼굴은 나타나지 않았습니다. 이미 그의 얼굴은 위장한 모습이 아니라 실제의 모습이 되어버렸던 것입니다.

습관을 바꾸면 인생이 달라집니다.
습관은 어떻게 바꿀 수 있습니까.
같은 것을 반복하면 됩니다.

같은 것을 반복하는 것은
쉬워 보이지만 그렇지 않습니다.
대개는 어렵거나 싫은 것을 억지로 해야 하고
한 두 번 놓치면 다시 시작하기가 싫어지고
어느 정도 길이 들 무렵이면
싫증을 이겨내야 합니다.

하기 싫은 일, 어려운 일이지만
꼭 해야 할 일이라면
억지로 좋은 마음을 가지려 하기보다
마음을 비우고 묵묵히 반복하는 것이 가장 좋습니다.

대체로 억지로 하는 일은
별다른 효과를 낼 수 없을 것이라 여깁니다.
마음을 다해서 해야만 성과를 얻을 것이라 말합니다.
하지만 꾸준한 반복은 마음을 바꾸어 놓습니다.
꾸준히 하다보면 억지로 한다는 마음이 녹아버리고
어느 사이에 그것이 그 사람의 모습이 됩니다.
반복의 힘, 습관의 힘이 그렇게 강한 것입니다.

무심한 반복이 계속되면
힘들이고 애쓰지 않아도
몸에서, 얼굴에서 자연스럽게 배어나와
마치 천성처럼
변화되어 있는 것을 발견하게 될 것입니다.

29

# 작은 씨앗이 아름드리가 된다

가장 열광적인 꿈을 꿔라.
그러면 열광적인 삶을 살게 될 것이다. | **나폴레온 힐**

힌두교의 설화에는 다음과 같은 이야기가 전해져 오고 있습니다. 열매가 주렁주렁 열려 있는 나무 아래에 아미라는 사람과 아들이 서 있었습니다. 나무의 열매를 바라보고 있던 아미가 아들에게 말했습니다.

"저 열매의 나무를 따서 쪼개어 보아라."

아들이 열매를 따서 쪼개자 그는 아들에게 물었습니다.

"무엇이 보이느냐?"

"작은 씨가 있습니다."

"그럼 그중 하나를 쪼개어 보아라."

아들이 또 씨를 쪼개었습니다.

"무엇이 보이느냐?"

"아무것도 보이지 않습니다."

그러자 아미는 아들을 바라보며 말했습니다.

"네가 아무것도 보이지 않는다고 한 그곳에서 저 큰 나무가 돋아나오는 것이란다."

---

눈에 보이지 않는 것에서
눈에 보이는 것이 태어납니다.
우리는 눈에 보이고 손으로 만질 수 있는 것만 믿으려고 하지만
가장 근본적이고 중요한 것들은 보이지 않습니다.

눈에 잘 보이지도 않는 작은 씨앗에서
아름드리 나무가 자라고
크고 단단한 열매들이 열리고
수많은 꽃이 피어납니다.

씨앗 그 자체만 보고
그 씨앗에서 앞으로 일어날 일을 판단할 수 있는 사람은
많지 않습니다.

무궁한 가능성이 그 씨앗 속에 있음을 믿고
그 씨앗을 가꿀 수 있는 사람은 더 적습니다.

작은 가능성을 가꾸는 것
그 작은 가능성의 미래를 믿는 것
그것에서 출발해야 합니다.

확실하게 보이는 것에만 매달리고
보장을 받아야만 움직이려 한다면
당장 눈앞의 이익을 따라가다 멈출 뿐입니다.

눈에 보이는 열매만 따려 하지 말고
씨앗을 발견하는 사람이 되십시오
씨앗을 키우는 사람이 되십시오.
그것은 무한한 가능성을 키워가는 것이며
크고 풍성한 열매를 지속적으로 수확하는 방법입니다.

30

# 덮은 발을 가리지 않는다

콩 심은 데 콩 나고 팥 심은 데 팥 난다. | **속담**

송나라 때 소식의 아우 소철이 간신 장자후의 음모에 걸려 뇌주로 귀양살이를 가게 되었습니다. 장자후는 미리 뇌주 지방관에게 명하여 관사를 내주지 못하게 하였습니다.

그래서 소철은 귀양지에서 어렵사리 민가의 방 한 칸을 빌려 거주하게 되었습니다. 나중에 장자후가 이 사실을 알고 트집을 잡으려고 하였으나 법적으로 특별히 하자가 없었으므로 더 이상 괴롭힐 명목을 찾을 수 없었습니다. 그러자 장자후는 그 지방에서는 귀양살이를 온 사람이 민가를 빌릴 수 없도록 법을 개정해버렸습니다.

그 후 세상이 바뀌어 이번에는 장자후가 뇌주로 귀양살이를 가게 되었습니다. 그가 관사를 얻을 길이 없어 민가를 빌리려 하니 민가에서도 모두 거절하는 것이었습니다.

"전에 소공이 귀양살이 왔을 때 집을 빌려주었다가 장자후 등살에 죽을 고생을 했는데 다시 누구에게 집을 빌려준단 말이오?"

집주인들은 한결같이 고개를 설레설레 흔들 뿐이었습니다.

---

남을 괴롭히거나 방해하려고 덫을 놓았다가
나중에 그 덫에
자신의 발이 걸리게 되는 경우를 많이 봅니다.
지금 자신이 하는 일이 앞으로 어떤 결과를 불러올지
알지 못하기 때문에,
지금의 상황이 변치 않고 오랫동안 지속될 것이라
여기기 때문에
곧 후회할 행동을 합니다.

심는 대로 거둔다는 말을
우리는 흔히 남들에게 적용하길 좋아합니다.
평소에 나쁜 행동을 했던 사람이
벌을 받는 걸 보았을 때,

부당하게 아랫사람들을 괴롭히던 사람이
초라한 최후를 맞았을 때,
그리고 나에게 잘못한 사람이
행복해 보이지 않을 때에도
심는 대로 거둔다고 말합니다.

그러나 심는 대로 거두는 것은
나 역시 마찬가지입니다.
다른 이들에게 심는 대로 거두는 법칙을
적용하기보다 나에게 적용해야 합니다.
심는 대로 거둔다는 말을
자신 있고 당당하게 외치려면
과연 그 말이 내게도 그대로 이루어져도 좋은지를
점검해보아야 합니다.

어떤 일을 하기 전에
심는 대로 거둔다는 말을
천천히 되뇌어보십시오.

31

# 신을 만나는 자리

남녀노소를 막론하고 그 삶에 변화가 없다면 그의 인생은
이미 녹슬어 있는 것과 다름없다.
녹은 어디서 생기는가? 물론 쇠에서 생긴다.
쇠에서 생긴 녹이 쇠 자체를 못 쓰게 만든다. | **법정**

필리핀의 푸에르토 프린세사 시는 내무부로부터 '가장 깨끗하고 푸른 도시'로 인정받았습니다. 경찰을 비롯한 시 공무원들도 그 어느 곳보다도 청렴하기로 소문이 났습니다. 이 도시의 시장 애드워드 하게도른의 신념과 시민들의 호응이 이루어낸 성과였습니다.

훌륭하게 시정을 이끌어나가 존경받고 있는 하게도른은 예전에 폭력 전과가 두 번이나 있었던 폭력배였다고 합니다. 게다가 아내와 자식을 버리고 술집에서 만난 쇼걸과 동거를 하기도 했습니다. 방탕한 그가 변한 것은 서서히가 아니라 '단번에' 였습니다.

1988년 그는 부도 수표 유통 혐의로 유죄 판결을 받았습니다. 또 다시 감옥에 가야 하는 앞날이 너무나 캄캄하여 그는 한 기도회에 참석하여 간절히 기도했습니다. 하지만 자신의 마음에 어떤 위안도 생기지 않은 채 돌아왔습니다. 그런데 며칠 뒤 법원에 불이 나 관련 기록이 소실되면서 그는 자유의 몸이 되었습니다.

그때 그는 하느님의 존재를 확신했고 그 즉시 결심하여 자신의 내면을 철저하게 변화시켰습니다. 그리고 필리핀의 가장 모범적인 시장이자 가장 인기 있는 지방 정치가로 거듭나게 되었습니다.

---

우리는 때때로
극적인 변화를 바라곤 합니다.

어쩌다 산 복권이 1등에 당첨된다든가
우연히 만나서 사랑하게 된 사람이 억만장자라든가
내가 만든 상품이 전 세계적인 상품이 된다든가
어느 날 갑자기 유명인이 된다든가 하는
행운을 바랍니다.

그런데 극적인 변화, 극적인 행운은
모든 것을 놓아버리고 싶을 만큼

바닥에 이르렀을 때에 일어납니다.
가장 밑바닥에 이르렀을 때
막다른 곳에 다다라 모든 것을 놓아버렸을 때
비로소 일어납니다.

그런 상태에 이르렀을 때에야말로
간절함이 생기고
진정으로 마음을 비울 수 있습니다.
이러한 상태에 이르렀을 때에야말로
극적인 변화를 수용할 수 있는 마음 상태가 됩니다.
이런 마음 상태에서야말로
지금까지의 삶의 태도를 단번에 끊을 수 있게 됩니다.

그렇게 않은 상태에서 오는 행운은
그 값어치를 제대로 깨달을 수 없기 때문에
끝까지 자기 것으로 지키기도 어렵고
삶을 변화시킬 수도 없습니다.

32

# 방법이 아니라 태도를 본받으라

자기를 등불로 하고,
자기를 의지할 곳으로 삼아라. | 붓다

한 무명의 수영 선수가 있었습니다. 그는 수영에는 남다른 재능이 있었지만 과학적인 훈련을 받지는 못했습니다. 하지만 나름대로 열심히 노력했고 드디어 국제 대회에까지 참가하게 되었습니다.

대회 첫날, 그는 자기가 평소 하던 대로 준비운동을 하고 있었습니다. 그것을 지켜보던 다른 나라의 내로라하는 선수들은 그를 은근히 비웃었습니다. 그의 준비운동은 영락없는 촌뜨기의 그것이었거든요.

드디어 시합이 시작되었고 순위가 결정되었습니다. 1등은 바로 그 촌뜨기였습니다. 그리고 그다음 시합 때 재미있는 일이 일어났습니다. 다른 나라의 선수들이 그가 하는 준비운동을 은근히 따라하는 것이 아니겠습니까.

더욱 재미있는 것은 그 대회 이후에 그가 하던 준비운동은 꽤 권위 있는 준비운동으로 받아들여져서 여러 수영 선수들에게 보급되었다고 합니다. 여기서의 그 촌뜨기 선수는 바로 우리의 조오련 선수입니다.

---

성공한 사람들을 따라해보는 것
사람들이 정석이라고 말하는 대로 답습하는 것
그것은 이미 성공한 사람들이 보증하고
표준으로 성립된 것이니
믿고 따를 수 있는 방법이긴 합니다.

그런데 성공한 그 사람의 태도는 본받을 수 있겠지만
그 사람의 방법까지 나에게 맞는 것은 아닙니다.
'아침형 인간'이 성공의 지름길처럼 이야기되던 때가 있었습니다.
일찍 일어나면 시간을 더 많이, 더 효율적으로 사용할 수 있어서
성공으로 가는 길이 빨라진다고 합니다.

하지만 아침형 인간이 자기 생체 리듬에
맞지 않는 사람도 분명 있습니다.
이런 사람은 아침 일찍 일어나는 습관을 들이기 위해서는

그야말로 피나는 노력을 해야 합니다.
중요한 것은 시간을 어떻게 효율적으로 사용할 것인가이지
무조건 아침 일찍 일어나는 것이 아닙니다.

저녁 시간이 내게 더 효율적으로 활용될 수 있다면,
짬짬이 시간을 내서 활용하는 것이
내 라이프 스타일에 더 맞다면
나에게 맞는 그 시간들을 활용하는 습관을 들이는 것이
아침에 억지로 일찍 일어나기 위해
피나는 노력을 하는 것보다 낫습니다.

삶의 롤 모델이 되는 사람들로부터 본받아야 할 것은
방법이 아니라 태도입니다.

33

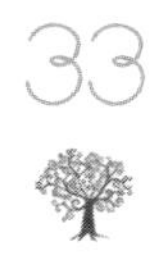

# 자신부터 믿으라!

믿음이 없다면 사람은 아무것도 해낼 수 없다.
그것만 있다면 모든 것이 가능하다. | **윌리엄 오슬러**

공자와 그의 제자 자공이 입국(立國 : 나라를 세움)에 관해 문답을 나눴습니다. 자공이 공자에게 물었습니다.

"입국의 요소가 무엇입니까?"

"식(食)과 병(兵)과 신(信)이니라."

경제와 국방과 신의(信義)라는 말입니다.

자공이 다시 물었습니다.

"부득이 셋 중에 하나를 버려야 한다면 어느 것을 버려야 합니까?"

공자가 대답했습니다.

"병(兵)을 버려라."

자공이 또 물었습니다.

"만일 또 하나를 버려야 한다면 어느 것을 버려야 합니까?"

공자가 대답했습니다.

"식(食)을 버려라."

공자의 이 이야기는 신의를 잃으면 나라도 잃게 된다는 뜻입니다.

---

믿음에는 여러 가지가 있습니다.
내 스스로 가지는 확신으로서의 믿음도 있고
다른 이들이 내게 갖는 믿음도 있고
다른 사람에 대해 내가 가지는 신뢰도 있습니다.

언뜻 생각하면
다른 누구보다 자신을 신뢰하고 있는 것 같지만
어쩌면 세상 누구보다 자신을 가장 믿지 못할 수도 있습니다.
마음 깊은 곳에 '나 같은 사람이 뭘……'
하는 마음을 품고 있는 경우가 많기 때문입니다.
입으로는 "나는 할 수 있어!"를 외치면서도
마음으로는 '내가 할 수 있겠어?'라고
의심하는 마음이 숨어 있습니다.

자신을 먼저 믿는 것이 첫 번째입니다.
설사 작심 3일을 반복해 왔더라도
자신에게 믿음을 주는 것만으로도
3일이 30일로, 30일이 300일로 늘어날 수 있습니다.

나는 다른 이들을 신뢰하는가에 앞서
다른 이들은 나를 신뢰하는가를 먼저 생각해보십시오.
나는 다른 이들에게 신뢰받을 만한 행동을 했는가.
믿음보다 이익을 먼저 생각하지 않았는가.
내가 다른 이들을 신뢰하지 못한다면
그 원인이 나에게 있는 것은 아닌가…….
다른 이들이 신뢰하지 못할 만한 행동을 하고도
내 나름대로 충분한 명분이 있었다고 변명하고 있지는 않은가.

믿음은 때때로 빗나가
나에게 큰 상처를 주기도 합니다.
하지만 그러한 때에라도
그것은 그 사람과의 관계에 한정되어야 할 뿐
믿음에 대한 근본적인 생각이 흔들려서는 안됩니다.
믿음은 눈에 보이는 그 어떤 것보다도
삶을 헤쳐가는 데에 강력한 힘을 발휘하기 때문입니다.

34

# 절망을 앞당기지 말라

타인을 행복하게 하는 것은
향수를 뿌리는 것과 같다.
뿌릴 때 나에게도 몇 방울이 묻는다. | **디즈레일리**

"거인이란 함께 있으면 그 함께 있는 다른 사람들까지도 크게 느껴지게 해 주는 사람이다."라는 말이 있습니다.

미국의 한 고등학교 연극부에는 대형 사이즈의 목이 긴 운동화 한 켤레가 소중하게 보관되어 있습니다. 그 운동화는 그 학교 출신으로 마르판 증후군에 걸려 스물두 살의 나이에 세상을 떠난 한 청년이 생전에 신던 것입니다.

마르판 증후군은 팔과 다리가 거미처럼 길게 과성장하고 혈관이나 눈 등에 이상을 일으켜 죽음에 이르는 병입니다.

그는 위중한 병을 앓고 있었지만 자신의 삶을 단 한 순간도 적당히 산 적이 없었습니다.

그가 죽은 후 사람들은 자기가 몸져 누워 있을 때 부탁하지도 않았는데 그가 자기네 잔디를 깎아주었고, 또 어떤 사람에게는 시장바구니를 들어다 주었다는 이야기를 했습니다. 자신은 죽어가고 있었는데도 말입니다.

불편한 몸으로도 오히려 솔선수범하는 학교생활을 했으며 다른 사람들을 돕는 데도 앞장섰습니다.

그의 선생님은 그에 대해 이렇게 회고했습니다.

"내가 그의 선생이었지만 오히려 그에게서 많은 것을 배웠습니다. 그는 자기가 너무 키가 작다거나 크다거나, 뚱뚱하다거나 말랐다고 생각하는 젊은이들에게 좋은 본보기가 되었습니다. 어떤 어려움에 처해 있더라도 힘이 닿는 데까지 충실하게 살아가야 한다는 것을 우리에게 가르쳐주었습니다."

그 청년은 존재만으로도 많은 사람들에게 감동을 주는 사람이었습니다. 생전에 그가 신던 운동화는 '이웃에 대한 헌신적인 사랑'을 후배 학생들에게 가르치며 영원히 그 자리를 지킬 것입니다.

---

자신은 불행한 처지에 있으면서도
다른 사람들에게 감동과 행복을 안겨 주는 사람들이 있습니다.
그들의 공통점은
주어진 상황에서 최선의 삶의 살아간다는 것입니다.
주어진 환경에서 행복해질 수 있는 방법을 찾고

그 행복을 주변 사람들과 나누려 합니다.

그들은 큰 것을 얻으려 하지 않습니다.
그들은 나중으로 미루지 않습니다.
그들은 혼자 누리려 하지 않습니다.
그리고 무엇보다
자신에게 닥친 상황이 절망적이라 해도
그 절망을 미리 당겨오지 않습니다.
지금 할 수 있는 일, 지금 누릴 수 있는 행복에 충실합니다.
그들이 주는 특별한 감동은
특별한 일에서 오는 것이 아닙니다.
평범한 일상을 아름답게 살아보려는 마음에서 나오는 것입니다.

평범한 사람들에게는 평범한 일상이 절실하게 느껴지지 않습니다.
그러나 그 평범함이 어떤 이들에게는
간절한 소망이 되기도 합니다.
평범한 날들이 꾸준히 이어지는 삶에 싫증을 내면서
어딘가에서 특별한 행운이 찾아와주기를 바라고 있지는 않은지요.
평범한 일상의 행복을 누리지 못하면
특별한 행운도 감당할 수 없습니다.

35

# 삶을 바꾸는 말 한마디

우리가 무슨 생각을 하느냐가
우리가 어떤 사람이 되는지를 결정한다. | **오프라 윈프리**

우리는 어떤 분야의 권위자 한두 사람의 평가로 인해 자신의 꿈을 포기하고 좌절하는 경우를 종종 봅니다. 하지만 권위자라는 이들의 평가가 절대적인 것은 아닙니다.

이탈리아의 유명한 가수 엔리코 카루소는 어려서부터 노래를 잘 불렀습니다. 그래서 본격적으로 성악을 공부하기 위해 유명한 선생님을 찾아갔습니다. 그런데 그 선생은 카루소에게 악담을 퍼부었습니다.

"너 따위의 목소리로 가수가 되겠다니 참 우스운 일이다."

카루소는 사형선고나 받은 듯 실망하고 돌아왔습니다. 그러나 그의 어머니는 오히려 스승을 나무랐습니다.

"네 목소리나 음악적 소질을 무시하다니 말도 안 된다. 그 선생이 유명하기는 하지만 너를 지도할 만한 자격은 없는가보다. 카루소, 낙심 말고 다른 스승을 찾아보자."

어머니는 아들을 격려해주었습니다. 그리고는 또 다른 선생님을 찾아 나섰습니다.

만일 카루소에게 그런 어머니가 있지 않았더라면 우리는 세계적으로 길이 남을 큰 성악가 한 사람을 잃을 뻔했습니다. 그 유명한 선생의 말만 듣고 낙심했다면 그의 존재는 세상에 알려지지 않았을 텐데, 그 평가에 구애받지 않았던 어머니의 적극적인 생각에 힘입어 카루소는 위대한 성악가가 되었습니다.

반드시 유명하거나 훌륭한 사람의 말이
마음을 움직이는 것은 아닙니다.
유명한 강사의 토크 콘서트에 갔다가
이미 알고 있는 이야기를 반복하는 바람에
실망하는 경우도 많고
전문가들이 오래된 틀을 고집하기도 합니다.

그런가 하면
전혀 뜻하지 않은 곳에서 들은 한마디가

신선한 충격이 되는 경우도 있습니다.
해맑은 어린아이의 천진한 한마디가
자주 스치는 이웃 할머니의 이야기가
지하철에서 우연히 듣게 된 옆사람의 대화가
가슴을 움직이는 말이 되기도 합니다.

말이란 어쩌면 그 말을 하는 사람보다
듣는 사람의 마음에 따라
그 힘을 발휘하는지도 모릅니다.
어떤 말을 내 마음에 받아들일지
어떤 말을 더 믿고 따라갈지는
결국 자기 자신의 결정하는 것입니다.

"누구의 말 때문에"보다
"누구의 말 덕분에"라는 말을
할 수 있는 사람이 성공하는 사람입니다.

36

# 상상하라, 이루리라!

꿈을 품고만 있어서는 안 된다. 꿈은 머리로 생각하는 것이 아니다.
가슴으로 느끼고 손으로 적고 발로 뛰는 게 꿈이다. | 존 고든

무사 알라미는 세계 역사상 결코 꽃을 피운 적이 없는 사막에 장미꽃을 피어나게 한 사람입니다. 그는 할 수 있다고 믿었고, 또 성공할 때까지 꾸준히 노력했기 때문에 성공할 수 있었습니다.

팔레스타인에서 부유하게 자랐던 아랍 소년 무사는 케임브리지 대학에서 교육을 받고 다시 팔레스타인으로 돌아왔습니다. 그 당시 팔레스타인은 정치적으로 혼란기였고, 그 혼란통에 그는 집을 포함한 모든 것을 잃었습니다.

그는 요르단 강을 건너 여리고의 끝까지 갔습니다. 양쪽에는 요르단 골짜기의 넓고 황량하고 건조한 사막이 펼쳐져 있었습니다.

사람들은 몇몇의 오아시스를 제외하고는 이 뜨겁고 황량한 사막에 아무것도 심을 수 없다고 생각했으며 실제로도 어떤 식물도 재배된 적이 없었습니다. 왜냐하면 거기까지는 아무도 물을 가져올 수 없었기 때문입니다. 관개시설을 위해서 요르단 강에 댐을 만드는 것은 너무나 많은 비용이 들고 게다가 그러한 계획을 원조할 만한 사람도 없었습니다.

"지하수는 어떨까?" 하고 무사 알라미는 말했습니다. 사람들은 오랫동안 그를 대놓고 비웃었습니다.

"누가 그러한 일에 대해 들어본 적이 있었을까? 이 뜨겁고 메마른 사막 밑에 물이 있을 리가 없지. 더욱이 수세기 전에 이 사막은 사해 바닷물로 뒤덮였었지. 그러니 사해는 맨 소금투성이야."

오랫동안 전문가들은 지하수가 있을 리 없다고 말했으며 관리들도 전문가들이 하는 말에 동의하였습니다. 그러나 무사의 마음은 흔들리지 않았습니다.

'지하수를 끌어올려 개간했다는 캘리포니아 사막 이야기도 있지 않은가.'

그가 땅을 파기 시작했을 때 가까운 난민 수용소에 있는 몇 명의 가난에 허덕이는 피난민들이 그를 도와주었습니다. 장비라고는 곡괭이와 삽이 전부였습니다.

이 불굴의 인간과 가난한 동지들이 매일, 매주, 매달 계속해서 땅을 파내려갈 때 모든 사람들은 그들을 비웃었습니다. 하지만 그들은 세상 사람들의 비웃음을 뒤로 한 채 그 사막이 생긴 이래 아무도 물을 얻기 위해 파보지 않았던 모래 속으로 서서히 깊이 파내려 갔습니다.

땅을 파내려 간 지 여섯 달쯤 되었을 때 물기가 비치기 시작했고 마침내 생명수 같은 물이 쏟아져 나왔습니다. 그 순간 그들이 할 수 있었던 일은 서로를 부둥켜안고 우는 것뿐이었습니다. 이 황폐한 땅에서 물이 나오다니…….

몇 년 후 무사 알라미는 큰 농장에 물을 대주는 펌프 시설을 15개나 설치했고 야채와 바나나, 무화과, 감귤 열매를 재배하여 소년들을 가르치게 되었습니다. 그는 그의 학교에서 미래의 시민들 즉, 농부, 기술자, 무역 전문가들을 길러내고 있습니다.

"상상하라, 이루어질 것이다!"
라는 말이 있습니다.
그렇습니다.
사람의 상상력은 놀라운 일을 해냅니다.
상상력은 도저히 이루어지지 않을 것 같은 일을
현실로 만들어냅니다.

하지만 상상만 하면
모든 것이 저절로 이루어지는 건 아닙니다.
상상이 그대로 머릿속에만 있을 때에는
얼마 가지 못하고 스러지고 맙니다.
상상이 현실이 되기 위해서는
지속적으로 머릿속에 그 상이 살아 있어야 하고
그 상이 생명을 가지고 살아 있기 위해서는

의지와 행동력이 뒷받침되어야 합니다.
직접적인 행동으로 조금씩 형태를 이루어가는 모습을 볼 때
상상은 더욱 또렷해지고 결국 현실로 나타나게 됩니다.

의지를 잃지 않고 상상을 향해 움직이면
지름길을 찾게도 되고 돕는 사람들도 나타납니다.
한 걸음, 한 걸음씩 더디던 걸음이
어느 순간 한꺼번에 도약하는 기회를 만나기도 합니다.

상상의 힘은 상상 그 자체에 있는 것이 아니라
머리와 손과 발을 밀고 가게 하는
원동력이 된다는 데에 있습니다.

상상하십시오!
그리고 손과 발과 의지로
그 상상을 밀고 나아가십시오!

제 3 장

# 행복은 준비되어 있다

# 37

# 자신감은 작은 것에서 생긴다

새는 자기의 날개로 날고 있다.
따라서 사람도 스스로 자기의 날개로 날아야 한다. | 르낭

일본 전국시대의 장군 오나 노부나가는 1대 10의 불리한 병력으로 적진을 공격하기로 결심했습니다. 그는 승리하리라는 확신에 차 있었지만, 부하들은 그렇지가 않았습니다.

공격 목표를 향해 행군하던 중에 묵념을 마친 노부나가는 큰 소리로 외쳤습니다.

"내가 지금 이 동전을 위로 던져 땅에 떨어뜨리겠다. 만일 동전 앞쪽이 나오면 우리가 반드시 이길 것이다. 그러나 뒤쪽이 나오면 우리는 패할 것이다. 자! 이제 우리들의 운명이 결정되는 순간이다."

장군은 동전을 높이 던졌습니다. 그러자 놀랍게도 동전은 앞쪽이 나왔습니다. 병사들의 사기는 높았고, 그래서 신들린 듯 싸워 이겼습니다.

그 동전은 양면이 똑같은 동전이었습니다.

---

사람의 심리는 묘합니다.
아무리 과학적인 시대라 해도
점이나 타로 카드를 보러 다니고
아주 중요한 결정을
아주 비논리적 데에 맡기기도 합니다.

동전을 던지면 앞 아니면 뒤가 나오게 마련입니다.
앞 뒤를 마음먹은 대로 조절하기가 어려워서
우연에 맡길 뿐인데
그것에 목숨을 건 승부를 맡긴다는 것은
얼마나 어리석은 일입니까.

그런데도 인간의 마음은
그런 우연에 흔들립니다.
작은 사건 하나에
마음이 극과 극으로 치달을 수 있습니다.

마음이 약할수록, 자신이 없을수록
우연이 만들어놓은 것을 필연으로 받아들이려 합니다.
오다 노부나가는 이런 심리를
자신에게 유리한 쪽으로 이용할 수 있었지만
평범한 사람들은 나쁜 쪽으로 미혹되기가 쉽습니다.

우연에 기대려는 마음이 강하게 들 때일수록
충분히 준비되어 있지 않은 자신의 마음을
살펴볼 필요가 있습니다.

그렇지 않으면
스스로 덫을 치고 그 속에 발을 집어넣는 일이
생길지도 모릅니다.

38

# 한 우물을 판다는 것은

목표를 달성하는 비결이라고 할 만한 것 하나를 소개하면
그것은 집중하는 것이다. 목표를 달성하는 사람들은
중요한 것부터 먼저 하고 한 번에 한 가지 일만 수행한다. | **피터 드러커**

수피교의 신비주의자 루미는 어느 날 제자들을 모아놓고 말했습니다.

"오늘은 다들 들판으로 나가자!"

제자들은 들판으로 나가는 게 그리 마음에 내키지 않았습니다. 그럼에도 불구하고 루미는 제자들을 들판으로 데리고 나갔습니다.

마침 들판에는 한 농부가 몇 달 동안 우물을 파고 있었습니다. 그 농부는 한 곳을 십 피트쯤 파다가 물이 나오지 않으면 다른 곳을 팠습니다.

그렇게 해서 아홉 개의 구덩이를 팠으며, 다시 열 번째 구덩이를 파고 있었습니다. 그러다 보니 들판은 온통 파헤쳐지고 엉망이 되었습니다. 그 모습을 본 루미가 제자들에게 말했습니다.

“저 멍청이처럼 행동하지 말아라. 만일 그가 한 구덩이를 파는 데에만 힘을 쏟았다면 물이 아무리 깊은 곳에 있다 해도 지금쯤 물을 찾았을 것이다. 그런데 그는 이 구덩이 저 구덩이 파느라고 쓸데없이 힘을 낭비하였고 물도 찾지 못하였다. 쯧쯧, 불쌍한 사람!”

---

다양한 경험을 권하고
다재다능한 인재를 원하는 이 시대에
‘한 우물을 파라’는 말은
흘러간 시대의 옛말처럼 들립니다.

이것도 좀 할 줄 알고
저것도 좀 할 줄 알고
무엇이든 조금씩은 다 할 줄 아는 사람이 되면
유용한 인재가 될 수 있을 것 같아 보입니다.

하지만 실제로는 그렇지 않습니다.
어느 것 하나를 확실하게 할 수 있어야
자기 자리를 찾을 수 있습니다.
어느 것이나 손은 댈 수 있지만

확실하게 해결할 수 있는 일이 하나도 없으면
누구도 그 사람을 믿고 일을 맡길 수가 없습니다.

'그 분야에서는 믿을 수 있는 사람'이 되는 것,
이것이 이 시대에 한 우물을 파는 것입니다.
한 우물을 제대로 파려면
어떤 일을 꾸준히 해 나가는 끈기도 필요하지만
그 분야의 발전 속도를 꾸준히 따라잡을 수 있어야 합니다.
'한 길을 걸었다'에서 그치지 않고
그 길에서 지속적인 성장과 발전을 해나가야 합니다.
물을 얻더라도 얕은 곳에 고인 물은 금방 바닥이 납니다.
처음에 배운 방식대로,
늘 하던 대로 반복하면
그 우물은 고갈되고 맙니다.

한 우물을 파는 것보다
계속 맑은 물을 길어올리는 것이
더 중요합니다.

39

# 멀리 가려면 함께 가라

행복한 사람은 남을 행복하게 만들어줄 수 있다.
남을 복되게 해주면 자신의 행복도 한층 더한 것이다. | 크림

세 사람의 나그네가 눈보라가 매섭게 휘날리는 산길을 가다가 길을 잃었습니다. 길을 찾아 이리저리 헤매는 중에 날이 저물었고 인가는 도저히 찾을 수가 없는데, 일행 중 한 사람이 기진하여 쓰러지고 말았습니다.

남은 두 사람 중 한 사람이 자기도 쓰러질 지경이었지만 쓰러진 사람을 부축하며 다른 한 사람에게 도움을 청했습니다. 그러자 그는 이 눈보라 속에서 머뭇거리다가는 모두 죽게 된다면서 그만 혼자 달아나버렸습니다.

결국 남은 한 사람이 혼자서 쓰러진 사람을 등에 업고 이리저리 인가를 찾아 헤매는 중 날이 밝았습니다. 그때쯤 등에 업혀 있던 사람도 기운을 차려 혼

자서 걸어갈 수가 있었습니다.

떠오르는 햇빛에 천지가 밝아졌습니다. 그때 그들은 저만큼 떨어져 있는 고목나무 아래서 어젯밤 혼자 살아보겠다고 달아났던 그 친구가 지난밤의 추위에 꽁꽁 얼어 죽은 채 쓰러져 있는 것을 발견했습니다.

두 사람의 체온이 합해지면 서로를 따뜻하게 합니다. 게다가 남을 돕는 마음은 삶의 의지를 더욱 강하게 만듭니다. 반면에 남의 어려움을 돌아보지 않는 마음은 자신을 차갑게 합니다. 사람들은 자신의 서릿발같이 냉정한 마음으로 인해 자기 스스로가 서서히 얼어 죽어가고 있다는 것을 죽을 때가 되기 전에는 잘 모르는가 봅니다.

---

"빨리 가려면 혼자 가고
멀리 가려면 함께 가라."
아프리카의 격언입니다.

혼자 가면 홀가분하고,
내 마음대로 갈 수 있습니다.
함께 가는 것이 거추장스러워지거나
좀 더 빨리 가고 싶은 욕심이 생길 때
같이 가는 동료를 떼어놓고 먼저 가고 싶은
마음이 생깁니다.

그러면 가볍게 걸어서 빨리 도달하고
남보다 먼저 손에 넣을 것들도 많을 것 같습니다.

그런데 혼자 가는 길은 쉽게 지칩니다.
한 번 뒤쳐지기 시작하면
걷잡을 수 없이 힘이 빠지고
다시 일어서기 어렵습니다.
손잡아 나를 일으켜 줄 사람도
내가 손잡아 일으킬 사람도 없기 때문입니다.

조금 늦어도 함께 가는 것이 좋습니다.
내가 지쳤을 때 그가 내 손을 잡아주고
그가 지쳤을 때 내가 그의 손을 잡아줍니다.
함께 걸어야 따뜻하게,
끝까지 갈 수 있습니다.

40

# 재미는 스스로 만드는 것

매일 자신이 하기 싫은 일을 두 가지 하는 것은
영혼을 위해서 좋다. | **서머셋 몸**

어느 공장 선반기 옆에 서서 볼트를 만드는 일을 하는 샘이라는 젊은이가 있었습니다. 샘은 단조로운 이 일에 싫증을 느껴 그만두고 싶었지만, 다른 일자리를 찾기가 어려워 계속 할 수밖에 없었습니다. 그러던 어느날 그는 이 무료한 일을 그만둘 수 없는 이상, 기왕이면 재미있게 해보자는 생각을 하게 되었습니다. 그래서 자기 옆에서 기계를 다루고 있는 두 직공과 경쟁을 하기로 했습니다.

두 직공 중 한 직공의 일은 거친 표면을 깎는 것이고 다른 한 직공의 일은 그 볼트를 적당한 직경으로 자르는 일이었습니다. 그들은 신호와 동시에 기계에

스위치를 넣고 누가 가장 많이 볼트를 만들어내는가 경쟁하기 시작했습니다.

그때 그들의 옆에는 현장주임이 있었는데, 현장 주임은 샘의 일솜씨가 빠르고 정확한 데 놀라지 않을 수 없었습니다. 그런 일이 있은 후 현장주임은 샘이 더 나은 일을 할 수 있도록 배려해주었고, 이것이 샘의 승진에 실마리가 되었습니다. 그로부터 30년 후 샘은 보울드웬 기관차 제조 공장의 사장이 되었습니다.

만일 그가 무료하고 싫증 나는 일을 재미있게 하려고 시도하지 않았다면 그는 평생 평범한 직공으로 보내지 않으면 안 되었을 것입니다.

피할 수 없으면 즐겨야 합니다.
내가 하고 싶은 일만 하면서 살 수 있다면
그보다 더 행복할 수 없겠지만
그런 행복을 누리고 사는 사람은 많지 않습니다.

지금 하고 있는 일이 싫증이 나거나
아무런 전망도 보이지 않아서
더 이상 지속할 의욕이 생기지 않을 때가 있습니다.
그런 때에 하고 싶은 찾아 떠날 수 있으면 좋겠지만
당장 새 일을 찾는 것은 녹록치 않습니다.

나와 안 맞는다고, 재미없다고,
떠날 생각부터 하기 전에
지금 주어진 일을 재미있게 하는 방법을 생각해보십시오.
같은 일을 하더라도 마음가짐이 달라지거나
업무 방식을 새롭게 해보면 효율성이 좋아집니다.
일에 효율이 생기면 없던 재미가 붙습니다.
재미가 붙으면 의욕도 생기고 지루했던 일도
즐겁게 할 수 있습니다.

재미있게 일하는 모습은
다른 사람들에게도 의욕을 일으키고
일하는 분위기를 바꾸어 놓습니다.
자신이 그런 사람이 될 수 있다면
더 큰 일을 할 수 있는 역량도 생깁니다.

어떻게 하면
참고 견디며 보내는 지루한 업무 시간을
유쾌하고 효율적으로 보낼 수 있을까요.
열쇠는 바로 그 지루한 일을 하는
내 손에 쥐어져 있습니다.

41

# 나를 대하듯 그를 대한다면

겸손함으로써 당하는 멸시는 비판하지 말라.
겸손은 거의 모든 경우에 참된 정신적인 행복을
그 뒤에 감추고 있는 것이다. | **L.N 톨스토이**

인도에 아주 겸손한 왕이 있었습니다. 이 왕은 누구에게나 먼저 머리를 숙여 인사했습니다. 신하들은 속으로 비웃으며 왕을 위해서라는 구실로 말했습니다.

"사람의 몸 가운데 가장 귀한 것은 머리입니다. 더구나 나라에서 으뜸가는 귀하신 몸의 머리인데 왕께서는 함부로 숙이시니 이는 인사가 아니라 도리어 실례가 되는 것입니다."

이 말을 들은 왕은 아무 대답이 없었습니다. 며칠이 지났습니다. 왕은 신하에게 머리만 있는 말 해골과 고양이 해골, 사람의 해골을 주면서 명령했습니다.

"이것을 가지고 가서 팔아 오너라."

왕의 명령을 들은 신하는 세 개의 해골을 들고 나와 여러 곳을 발이 닳도록 다녀도 팔지를 못했습니다. 그런데 해 저물 무렵에 어떤 집에서 고양이 해골을 정월 초하룻날 사면 쥐가 없어진다면서 사갔습니다. 또 얼마를 가니 어떤 집에서 말 해골을 문에 달아두면 한 해 동안 그 집엔 병마가 들지 않는다면서 사갔습니다. 그러나 사람의 해골은 어느 누구도 거들떠보지 않았고 보는 사람들마다 심히 불쾌하다는 표정들이었습니다. 신하는 하는 수 없이 사람의 해골을 들고 왕 앞에 나와 아뢰었습니다.

"사람의 해골은 팔 수 없었습니다. 사람의 해골을 팔려는 저를 사람들은 비웃기까지 했습니다."

그러자 왕이 말했습니다.

"사람들의 머리가 귀하다 함은 선한 일을 하거나 예의가 바르기 때문이지, 그렇지 않다면 고양이나 말대가리보다 못하다는 것을 나타내는 것이리라. 죽어지면 보잘것없이 썩어질 것을……."

---

인간은 인간 그 자체로 누구나 평등합니다.
나이가 많든 적든
지위가 높든 낮든
많이 배웠든 덜 배웠든
재산이 있든 없든
어떤 조건에도 상관없이

인간 그 자체로 귀한 존재입니다.

지위는 높아졌다가 낮아질 수도 있고
재산은 있다가 없어질 수 있습니다.
그러나 어떤 상황에 처해 있든
인간의 귀함은 사라지지 않습니다.

내 맘에 맞든 안 맞든
내가 좋아하는 사람이든 싫어하는 사람이든
내가 나를 존중하듯이 다른 사람을 존중해야 합니다.
내가 그보다 높거나 나은 사람이 결코 아닙니다.

모든 사람은 신의 형상으로 만들어져
모든 가능성을 가지고 태어납니다.
나이가 어리다고, 지위가 낮다고
재산이 없다고, 권력이 없다고
낮추어보고 무례하게 대한다면
신의 형상을, 무한한 가능성을 함부로 짓밟는 것입니다.

그가 누구이든
내가 나를 존중하듯이 그를 존중해야 합니다.

42

# 나를 바꿀까, 환경을 바꿀까

일하는 것은 좋다.
그러나 무엇을 목적으로 하고 있는가. | 소로

남쪽 어느 나라에 새가 한 마리 있었습니다. 그 새의 이름은 몽구였는데, 우리나라 말로는 뱁새입니다. 이 새는 깃털로 둥지를 만들고, 그 둥지를 갈댓잎에다 머리털로 아슬아슬하게 묶어 놓는 습성이 있었습니다. 세찬 바람이 불면 갈대가 꺾이게 마련인데, 그럴 때면 갈대 앞에 묶여 있던 둥지가 땅바닥으로 떨어져 알은 깨지고 부화한 새가 있으면 죽게 마련입니다. 이것은 뱁새의 둥지가 튼튼하지 않아서가 아니라 잘못된 환경에다 둥지를 묶어 놓았기 때문입니다.

순자는 〈군하〉 편에서 환경의 중요성에 대해 다음과 같이 말하고 있습니다.

"서쪽에 시간이라는 나무가 있다. 나무의 줄기는 네 치밖에 안되지만 높은 산 위에 자라고 있는 관계로 백 길이나 되는 곳을 굽어보고 있다. 이는 나무줄기가 더 길어진 것이 아니라 서 있는 위치가 그런 곳이기 때문이다. 쑥대가 삼대밭 속에서 자라게 되면 부축해주지 않아도 곧게 자라고 흰모래가 개흙 속에 있으면 모두 함께 검게 된다.

초의 일종인 난괴의 뿌리는 바로 향료가 되는 것인데, 그것을 오물에 담갔다면 군자라도 가까이 하지 않을 것이다. 하물며 일반 사람이 그것을 몸에 바르려고 하겠는가. 이는 바탕이 아름답지 않아서가 아니라 적셔 둔 물이 그렇게 만드는 것이다."

열심히 하고 있는데도
도무지 잘 되지 않는다면
잠시 손을 놓고 돌아보십시오.

혹시 모래 위에 성을 쌓고 있는 건 아닌지
햇볕이 들지 않는 곳에 과일나무를 심고 있지는 않은지
썩어서 냄새 나는 물을 꽃나무에 주고 있는 것은 아닌지

나무가 뿌리를 내릴 수 있는 토양이 아닌데
크고 붉은 열매를 기대하거나

빛을 많이 받을 수 있는 환경이 아닌데
활엽수가 무성하기를 바라는 것은
무모하고 어리석은 일입니다.

자랄 수 없는 환경에서 나무를 심는 것이 도전이 아니라
나무가 자랄 수 있는 곳을 찾아 떠나는 것이 도전입니다.
의지와 노력은 그 땅을 찾은 다음부터 시작되어야 합니다.

지금 자신이 있는 자리를 한번 돌아보십시오.
꿈을 이루기에,
목표를 이루기에 적합한 환경입니까.
만일 그렇지 않다면
무엇을 바꾸어야 합니까.
나 자신입니까.
아니면 내가 있는 환경입니까.

43

# 행복은 준비되어 있다

사람의 괴로움은 끝없는 욕심에 있다.
자기분수에 만족할 줄 안다면 마음은 항상 즐겁다. **| 채근담**

페르시아에 알리 하페드란 사람이 있었습니다. 그는 농사를 지으며 가족들과 행복하게 살았습니다. 많은 재산은 아니었지만 농사를 지을 수 있는 땅과 약간의 양 그리고 낙타를 기르고 있었습니다. 그는 자신의 생활에 만족하며 스스로를 부자라고 생각했습니다.

그런데 어느 날 갑자기 자신의 재산이 보잘것없이 여겨졌습니다. 어느 성직자가 찾아와 태양처럼 빛나는 이상한 돌, 다이아몬드에 관한 이야기를 했기 때문입니다. 알리 하페드는 다이아몬드에 관한 이야기를 듣고는 자기도 그것을 가져야 한다고 생각했습니다. 그래서 성직자에게 물었습니다.

"다이아몬드는 어디에 가야 발견할 수 있을까요?"

"높은 산에 둘러싸인 백사장으로 흐르는 시냇가에서 찾아보시오."

결국 그는 모든 땅과 재산을 처분하고 가족들을 남겨둔 채 다이아몬드를 찾으러 떠났습니다. 그리고 몇 년이 지났습니다. 높은 산에 둘러싸인 백사장으로 흐르는 시냇가를 찾아 헤매다녔지만 알리 하페드는 다이아몬드를 찾지 못했습니다. 절망을 느낀 그는 바다에 뛰어들어 자살하고 말았습니다.

한편 알리 하페드의 농장을 사서 열심히 농사를 짓던 사람은 어느 날 시냇가에서 낙타에게 물을 먹이다가 이상하게 생긴 검은 돌을 발견했습니다. 그는 그 돌을 집으로 가져왔습니다. 그리고 예전에 하페드에게 다이아몬드에 대해 이야기 해주었던 성직자가 자기의 집을 방문할 때까지 그것에 대해 더 이상 생각하지 않고 성실히 하던 일을 계속했습니다.

그러던 어느 날 그 성직자가 찾아왔습니다. 성직자는 검은 돌을 자세히 관찰하다가 갈라진 틈 사이에서 빛이 나는 것을 발견했습니다. 그리고는 외쳤습니다.

"다이아몬드다! 이것을 어디에서 가지고 왔습니까?"

그들은 함께 시냇가로 달려갔습니다. 그리고 손으로 모래를 팠고 더 많은 다이아몬드를 발견할 수 있었습니다. 그들이 발견한 곳은 후에 세계에서 가장 유명한 다이아몬드 광산이 되었습니다.

다이아몬드는 알리 하페드가 소유했던 뒤뜰에 있었습니다. 그러나 하페드는 평생 동안 다른 곳에 가서 그것을 찾으려고 애쓰다가 결국 자살하고 말았던 것입니다. 이 이야기는 현재 자신이 가지고 있는 보물을 놓치지 말아야 한다는 것을 보여주는 실례지요.

행복을 찾아 멀리 갔지만
결국 행복은 자기집 울타리에 있었다는 이야기는
오래전부터 있어 왔습니다.

오래전부터 있는 이야기가 사라지지 않고
반복되는 것은 그 속에 진리를 품고 있기 때문입니다.

늘 익숙하게 들어왔기 때문에
그다지 맘에 와닿지 않고 식상하게 느껴질 수 있지만
진정한 행복은 자기 안에 있습니다.

아무리 좋은 것을 먹고
아무리 좋은 것을 입고
아무리 좋은 것을 누린다 해도
마음의 평화를 누릴 수 없다면,
무언가 불안하고 어딘가 허전하다면,
행복이라 할 수 없습니다.

언제 가장 행복했는지 떠올려 보십시오.
행복은
온갖 화려한 물건들로 꽉 찬 방과 같은 마음이 아니라

평화롭고 즐거워 단순해진 마음의 상태입니다.

밖에서 굴러들어온 행운은
두려움과 불안을 함께 몰고 오지만
자신이 가진 것을 가꾸어가면서 생겨나는 행복은
순수한 기쁨과 평화를 줍니다.

집 밖 어딘가에 내가 찾는 행복이 있을 거라고
지금 내가 가진 것으로는 행복할 수 없다고
생각하는 고정관념이
지금 당장 누릴 수 있는 행복을 방해하고 있는지 모릅니다.

행복은 가까이에 준비되어 있습니다.
어서 발견되기를 기다리면서!

44

# 칭찬이 독이 될 때

남의 좋은 점을 발견할 줄 알아야 한다.
그리고 남을 칭찬할 줄도 알아야 한다. 그것은 남을
자기와 동등한 인격으로 생각한다는 의미를 갖는 것이다. | **괴테**

어질기로 이름이 높던 랍비 슈멜케는 어느 고장의 지도자가 되어 달라는 청빙을 받았습니다. 슈멜케는 그 고장에 도착하자마자 한 여인숙에 투숙하였습니다. 그를 환영하기 위해 마을 대표들이 모여 기다렸지만 그는 여인숙에 틀어박혀 나오질 않았습니다.

걱정이 된 마을 대표 중 한 사람이 여인숙엘 가보았습니다. 문 앞에서 엿보니 슈멜케는 방 안을 빙빙 돌며 무언가를 소리 높여 외치고 있었습니다. 잘 들어보니 그는 이렇게 자기 자신을 향해 외치고 있었습니다.

"랍비 슈멜케, 당신은 정말 위대하다!"

"슈멜케, 당신은 대단한 천재다!"

"당신은 가장 지혜로우며 뛰어난 지도자이다!"

한참을 듣고 나서 마을 대표는 방으로 들어갔습니다. 그리고 슈멜케에게 왜 그런 행동을 하는지 물었습니다. 슈멜케가 이렇게 대답했습니다.

"나는 내 자신이 얼마나 칭찬에 약한지 잘 알고 있기 때문이라오. 오늘 환영회 자리에서는 모두들 나를 융숭한 말로 대접할 것이 뻔하지요. 그래서 그런 찬사의 말에 예사로워지려는 것이지요. 이젠 오늘 환영회에서 이런 식의 말을 아무리 많이 듣는다 해도 진지하게 받아들이지 않게 될 것이오."

---

듣기 좋은 말은
차가운 마음도 녹아내리게 합니다.
따뜻한 말 한마디에
닫혔던 마음이 열리기도 합니다.
듣기 좋은 말에 흔들리지 않기가 어렵고
칭찬에는 약할 수밖에 없습니다.

말은 그만큼 큰 힘을 가졌고
그만큼 위험하기도 합니다.
그래서 달콤한 말을 들을 때에
스스로 경계할 줄 알아야 합니다.

나에게 좋은 말을 하는 사람을
경계하기란 쉽지가 않습니다.
정말 마음을 담아서 하는 말인지
듣기 좋으라고 입으로만 하는 소린지
구분하는 것도 쉽지 않습니다.

누군가 해주는 달콤한 말을 즐기고
그 달콤함에 차츰 젖어들어
자기도 모르는 사이에 교만해지면
그 교만한 마음은 어느새 행동으로 나타나고
결국은 화를 부릅니다.

듣기에 좋은 말일수록, 마음을 흥분시키는 말일수록
경계하는 마음을 가져야 합니다.
좋은 말, 칭찬이 주는 기쁨은
자신을 한걸음 더 나아가게 하는 격려,
그 이상이 아닙니다.

칭찬을 받을 때에 더욱 겸손해질 수 있어야만
진정으로 그 칭찬에 걸맞은 사람이 되는 것입니다.

45

# 뿌린 대로 거두는 말

한마디의 말이 들어맞지 않으면 천 마디의 말을 더 해도 소용없다.
그러기에 중심이 되는 한마디를 삼가서 해야 한다. | **채근담**

황희 정승이 아직 젊었던 시절 혼자 시골길을 걸어가고 있었습니다. 저만치 건너다보이는 밭에서 한 농부가 검은 소와 누런 소 두 마리를 한꺼번에 부리며 밭을 갈고 있었습니다. 황희는 쉬어도 갈 겸 해서 농부에게 슬며시 말을 걸었습니다.

"여보시오, 그 두 소 중 어느 소가 더 일을 잘하오?"

그러나 농부는 황희가 묻는 말엔 들은 체도 않고 하던 일만 계속하고 있었습니다. 황희는 농부의 그런 태도가 괘씸했지만 꾹 참고는 다시 한번 물어보았습니다. 하지만 이번에도 농부는 들은 체 만 체 밭 가는 데만 열중했습니다.

황희는 몹시 화가 치밀어 '굉장히 오만한 사람이구먼…….' 이라고 혼잣말을 하며 가던 길을 다시 걷기 시작했습니다.

조금 후에 아까 그 농부가 헐레벌떡 뒤쫓아오며 황희를 불렀습니다.

"여보시오, 선비 양반!"

"아니 왜 부르는 거요?"

"미안합니다. 조금 전에는 제가 선비님의 질문에 대답을 할 수 없는 입장이었습니다. 아무리 짐승이라지만 주인이 다른 소와 비교해 저를 가리켜 일을 못한다 하면 얼마나 섭섭하겠습니까. 그래서 아까는 대답하지 못했습니다."

농부는 정말 미안해 하면서 말했습니다. 그리고는 황희가 물었던 말에 그제야 대답해 주었는데 그 대답하는 태도도 그 두 소를 꽤나 존중하는 투였습니다.

황희 정승은 일생을 두고 아랫사람을 평가해 말할 때도 늘 신중하여 실언을 하는 법이 없었다고 합니다. 그런데 그가 그럴 수 있었던 것은 바로 그때 그 농부에게서 얻은 교훈 때문이었습니다.

혹시 머리에 떠오르는 대로
말하는 습관을 갖고 있지 않습니까.
솔직한 것이 좋고
뒤끝이 있는 것도 아니라면서
생각나는 대로 일단 말하고 보는 버릇이 있지는 않습니까.

상대방에 내게 한 말 때문에

오래도록 섭섭함을 품고 있으면서
내가 상대방에게 한 말은 악의가 없었다고
변명하지 않습니까.

남을 평가하는 말을 즉흥적으로 하거나
쉽고 간단하게 남을 규정하지는 않습니까.

말은 보이지 않는
날카로운 날로 사람의 마음을 베는
흉기가 될 수 있습니다.
무심코 던진 말이
상대방의 가슴을 베고
오래도록 생채기로 남기도 합니다.

한 번 토해낸 말을 다시 거둬들일 수 없습니다.
시간이 지난 다음 사과를 할 수는 있지만
처음 가슴에 와서 닿은 말이 준 충격은
금방 사라지지 않습니다.

말은 곧 그 사람입니다.
말과 사람을 분리할 수 없습니다.
그가 어떤 말을 하는가는

그가 어떤 사람인가를 보여줍니다.
말을 거칠고 모질게 하면
그 사람은 거칠고 모진 사람이 됩니다.
말을 부드럽고 신중하게 하면
그 사람은 부드럽고 신중한 사람이 됩니다.

말은 빨리 하는 것이 중요하지 않습니다.
좋지 않은 말이 순간적으로 떠오를 때일수록
잠시 숨을 고르고 한 박자 늦추어 보십시오.
그 한마디를 참는 것이
열 마디를 하는 것보다 나을 것입니다.

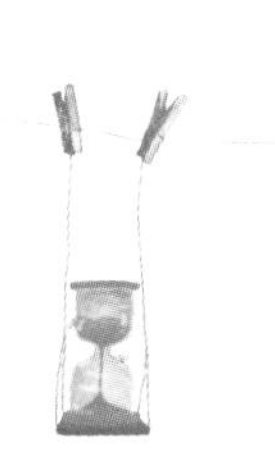

46

# 손쉽게 얻으면 손쉽게 무너진다

노력이 적으면 얻는 것도 적다.
인간의 재산은 그의 노고에 달렸다. | **헤리크**

나뭇가지에 앉아 즐겁게 노래 부르던 종달새 한 마리가 조그만 상자를 들고 지나가는 젊은이에게 궁금한 듯 물었습니다.

"그 상자 안에 무엇이 있지요?"

젊은이가 대답했습니다.

"네가 좋아하는 지렁이란다."

구미가 당긴 종달새는 다시 물었습니다.

"어떻게 하면 그것을 얻을 수 있지요?"

"네 깃털 하나에 지렁이 한 마리씩 줄 수 있지."

종달새는 즉시 깃털 하나를 뽑아 지렁이와 바꾸어 먹었습니다. 수많은 깃털 중에 하나쯤 뽑아낸들 아무 상관도 없을 것 같아서였습니다. 맛있는 먹이를 얻는 방법이 너무 손쉽다는 데 기쁨을 느끼며 종달새는 유쾌하게 노래를 불렀습니다.

그리고 이 방법에 재미가 붙은 종달새는 얼마 지나지 않아 한 개의 깃털도 남지 않은 벌거숭이가 되고 말았습니다. 스스로 쳐다봐도 부끄럽기 짝이 없는 종달새는 결국 노래마저 중단하고 말았습니다.

눈앞의 먹을 것에 혹해서
자신이 잃는 것이 무엇인지도 모르고
싼 값에 팔아넘기는 사람 이야기는
구약 성경에도 나옵니다.
바로 팥죽 한 그릇에
한 집안의 장남에게 부여되는 '장자권'을
팔아버린 에서입니다.

에서는 당장 배고픈 것을 이기지 못하고
아무 생각 없이 동생이 내민 팥죽 한 그릇에
장자권을 넙죽 넘겨버리고 맙니다.
나중에 땅을 치며 후회했지만

엄청난 재산이 걸려 있는 장자권을 되찾을 수 없었습니다.

이런 이야기를 읽으면
참을성도 조심성도 없는 에서가 어리석어 보이지만
당장 눈앞의 문제를 손쉽게 해결하려는
마음은 누구에게나 있습니다.
아무런 대가도 치르지 않거나
아주 싼 값으로 큰 즐거움을 얻고 싶은
유혹을 단호하게 물리칠 수 있는 사람은
그리 많지 않습니다.

쉽게 얻는 즐거움에 길이 들면
헤어나오기가 너무나 어렵고
다음에, 다음에로 미루다가
마침내는 자신이 가진 능력마저도
쓸 수 없는 사람이 되고 맙니다.
쉽고 편하게 즐거움을 얻은 것 같지만
사실은 가장 중요한 것들을
모두 잃고 마는 것입니다.

무엇이든 아무 대가도 없이
얻으려는 마음을 경계하십시오.

제대로 주고 제대로 얻어야
어디에도 매이지 않고
자유롭게 살 수 있습니다.
이런 자유로움이야말로
무엇과도 바꿀 수 없는 가장 큰 재산입니다.

47

# 부보다 덕을 쌓아라

돈의 가치는 그것을 소유하는 데 있는 것이 아니라
그것을 사용하는 데 있다. | **영국 속담**

지극히 원칙적으로 그리고 한 치의 거짓도 없이 정직하게 생활하여 큰 부자가 된 사람이 있다는 이야기를 듣기는 쉽지 않습니다. 인간 세상의 이치가 대부분 그렇게 돌아가니까요. 성경에도 부자가 천국에 들어가는 것이 낙타가 바늘구멍으로 들어가기보다 힘들다는 말이 있는데, 그리스 신화에도 그와 같은 내용의 이야기가 나옵니다.

신의 지위로 승격한 헤라클레스가 제우스가 마련한 만찬에 초대되어 갔습니다. 헤라클레스는 그곳에서 만나는 모든 신에게 정중하게 인사를 했습니다.

그러나 이상하게도 부(富)의 신인 플루터스에게는 인사도 하지 않은 채 외면

해버렸습니다. 제우스가 놀라서 헤라클레스에게 물었습니다.

"모든 신들에게는 그렇듯 깍듯이 인사를 하면서 어찌해서 유독 플루터스만은 외면하느냐?"

헤라클레스가 대답했습니다.

"제가 인간 세상에 있었을 때 그가 주로 나쁜 사람들과 어울리는 것을 보았기 때문입니다."

누구나 부자가 되고 싶어 합니다.
하지만 누구나 부자를 존경하지는 않습니다.
착하고 정의로운 부자를 찾기 어렵기 때문입니다.

부자가 된다는 것은
남보다 재물을 많이 모은다는 것인데
정의로운 방법으로
공정하게 룰을 지키면서
남보다 많은 재물을 모으기란
낙타가 바늘귀로 들어가는 것보다 어렵습니다.

하지만
착한 부자가 되는 꿈을 갖지 못할 이유는 없습니다.

재물은 무조건 모으기만 한다고
모아지는 것이 아닙니다.
열심히 모아도
생각지도 못한 일로 한꺼번에 빠져나가기도 하고
한동안 잘 되던 일이
예상치 못한 요인이 생겨 내리막길을 걷게 되기도 합니다.

착한 부자가 되려면
잘 될 때에 무조건 모으려고만 하지 말고
주변에 덕을 쌓아 두어야 합니다.
선한 마음으로 베푼 것은 사라지지 않습니다.
어려울 때에 나에게 다시 돌아옵니다.
언제 어디에 뿌려 놓은 씨인지 모르는 것들이 자라서
생각지도 못한 순간에 열매로 돌아옵니다.
그런 사람이야말로 착한 부자입니다.

아무리 돈이 많아도 늘 허기진 상태로
더 많은 돈을 좇아 허덕이는 사람은
진정한 부자라고 할 수 없습니다.

48

# 넉넉한 가슴에 큰 열매가 열린다

사람이 배우지 않는 것은 재주 없이 하늘을 오르려는 것과 같고,
배워서 널리 알게 되는 것은 구름을 헤치고 푸른 하늘을 보는 것과 같으며,
높은 산에 올라 사방의 바다를 바라보는 것과 같다. | **장자**

화가 루벤스가 대작품을 완성시키고 기분 전환을 위해 잠시 산책을 나갔습니다. 루벤스가 집을 비우자 제자들은 스승의 대작을 보려고 앞다투어 화실로 뛰어 들어갔습니다. 그런데 누구랄 것도 없이 서로 먼저 들어가려고 밀치다보니 그만 스승의 작품을 쓰러뜨리고 말았습니다. 아직 채 마르지도 않은 루벤스의 그림은 엉망이 되어버렸습니다.

스승이 많은 시간과 노력을 이 작품에 쏟았던 것을 너무나 잘 알고 있는 제자들은 당황하여 어찌할 줄을 몰랐습니다. 그때 제자 중 한 명이 붓을 들고 손상된 부분을 고치기 시작했습니다. 이윽고 산책을 끝낸 루벤스가 돌아왔습니다. 그리고는 자신의 작품을 이리저리 수정하는 제자의 모습을 등 뒤에서 한참 동안 바라보았습니다. 다른 제자들은 잔뜩 긴장하고 있었습니다. 긴 침묵 끝에 루벤스가 말문을 열었습니다.

"먼저보다 좋아졌군."

그 큰 스승 루벤스의 작품에 손을 댄 제자는 나중에 폴란드에서 화가로 이름을 크게 떨친 반 다이크였습니다. 참된 위인에게 오는 최초의 시험은 겸양에 관한 것이라고 했던가요. 제자 앞에서도 겸손했던 루벤스는 분명 큰사람입니다.

---

자신이 해놓은 일에 다른 사람들이 손을 대면
언짢은 마음이 듭니다.
마치 말없는 꾸지람이나 비난을 들은 것 같은
느낌이 들기도 합니다.
손을 댄 결과를 살펴볼 생각도 하지 않고
무턱대고 화부터 내게 됩니다.

생각이 크고 넓은 사람의 태도는 다릅니다.
더 나아졌는지, 못해졌는지를 살펴봅니다.
누가 손을 댔는가보다
그 결과가 어떠한가에 초점을 맞춥니다.
더 나아졌다면 그것을 인정하고 수용합니다.

하지만 마음이 크지 못하면
제대로 살펴볼 생각조차 하지 않고
더 나아졌다 해도 인정하려 들지 않습니다.
그저 '나쁜 기분'에만 머물러 있을 뿐입니다.

다른 사람의 능력을 인정한다고 해서
내 능력이 떨어지는 것은 아닙니다.
오히려 훨씬 넓은 시야를 얻게 되고
가슴이 크고 넉넉한 사람이 됩니다.

품이 크고 넉넉한 사람에게 인재가 모입니다.
인재들과 함께 해야 자신도 발전할 수 있습니다.
언제나 내가 제일이어야 하고
나만이 인정받아야 만족한다면
그 자리에서 더 이상 앞으로 나아갈 수 없습니다.

지금보다 더 나은 사람이 되고 싶다면
더 큰 꿈을 이루고 싶다면
감정에 따라 움직이지 않고
실체를 명확하게 보는 눈과
나보다 나은 사람을 넉넉히 품을 수 있는
가슴을 가져야 합니다.

49

# 한 치 앞도 모르면서…

어리석은 사람은 악한 일을 하고도 깨닫지 못하고
그 자신이 지은 업에 의해서
일어나는 불길에 자신의 몸을 태우며 괴로워한다. | **불경**

미국의 유명한 외과의사인 반 아이크 박사에게 어느 날 전화가 걸려왔습니다. 그랜드 폴스 병원에서 어떤 소년이 급히 수술을 받아야 하니 와달라는 것이었습니다. 소년은 자신이 가지고 놀던 총의 오발로 생명이 위태롭다고 했습니다. 병원 측에서는 분초를 다투는 상태이니 빨리 와달라는 말을 끝으로 전화를 끊었고, 반 아이크 박사는 거의 100킬로미터나 떨어져 있는 그랜드 폴스 병원을 향해 급히 차를 몰았습니다. 반 아이크 박사의 머릿속에는 귀엽게 생긴 한 소년이 죽음의 문턱에서 자신을 간절히 부르고 있는 눈빛이 떠올랐고, 핸들을 쥔 손에서는 땀이 배어나왔습니다.

어둠을 뚫고 최고 속력을 내며 달리고 있는데 느닷없이 한 사나이가 차를 가로막았습니다. 차를 세우자 막무가내로 차문을 열고 들어와서는 불쑥 총을 꺼내어 들고는 반 아이크를 위협했습니다.

"잔소리 말고 빨리 내려! 그렇지 않으면 이 총이 너를 가만 두지 않을 거야."

반 아이크 박사는 그가 두렵기는 했지만 가련한 소년의 눈빛을 떠올리며 이야기했습니다.

"먼저 그랜드 폴스 병원으로 갔다가 나를 내려주고 차를 가지고 가시오. 환자가 죽어가고 있단 말이오."

"얕은 수작 쓰지 말고 얼른 내리기나 하시오."

그는 결국 박사를 떠밀어 차 밖으로 내동댕이치고는 차를 가지고 가버렸습니다. 반 아이크는 기차를 타려고 시도해보았지만 기차 역시 방금 떠난 상태였습니다. 할 수 없이 걸어서라도 가야겠다는 생각으로 병원을 향해 걷기 시작했습니다. 한참 후에야 지나가던 차를 만나 뒤늦게 병원에 도착했습니다.

"소년은 어떻게 되었습니까?"

"박사님 왜 이렇게 늦으셨어요. 소년은 십 분 전에 죽었습니다."

"십 분만 일찍 올 수 있었다면 소년을 살릴 수 있었을 텐데……."

반 아이크 박사와 병원의 다른 사람들이 너무 안타까워하고 있을 때였습니다. 병실 문이 열리면서 소년의 아버지가 뛰어 들어왔습니다.

"내 아들이 죽었다구요. 어떻게 이런 일이……."

소년의 아버지는 말을 잇지 못하고 소년을 끌어안고 흐느껴 울었습니다.

잠시 후 병원의 관계자들이 소년의 주검에서 그 아버지를 떼어놓았을 때 반 아이크 박사는 소년의 아버지의 얼굴을 볼 수 있었습니다. 소년의 아버지 역시 박사의 얼굴을 보았습니다.

그 둘은 서로를 쳐다볼 뿐 아무 말도 하지 못했습니다. 소년의 아버지는 박사의 발 아래 꿇어 엎드려서 소리 내어 울기 시작했습니다. 반 아이크 박사는 소년의 아버지 어깨에 손을 얹고 기도한 후 병실을 나섰습니다.

소년의 아버지는 불과 한두 시간 전에 박사의 차를 빼앗아 달아난 바로 그 사나이였습니다. 소년을 죽인 것은 바로 그 아버지였습니다. 타인에게 저지른 악행의 결과가 자신의 사랑하는 아들을 죽게 한 것입니다.

---

아무리 똑똑한 사람도
미래를 알 수는 없습니다.
5년 후, 10년 후는 고사하고
당장 코앞에 닥칠 일도 모르고 살아갑니다.

내가 지금 하는 말이 어떤 일을 불러올지
내가 지금 만나는 사람과 앞으로 어떤 관계가 될지
내가 지금 하고 있는 일이 어떤 결과가 될지
전혀 알지 못하면서
말을 하고, 일을 하고, 사람을 대합니다.

지금은 하찮게 여겨지는 일이

앞으로 얼마나 큰 이익이나 손해로 돌아올지
지금은 귀찮게만 여겨지는 사람이
앞으로 나에게 얼마나 중요한 역할을 하게 될지
아무도 모릅니다.

잠시 귀찮아서 대강 해버린 일이
내 인생에 큰 걸림돌이 될 수 있습니다.
잠시 피곤해서 짜증스럽게 대한 사람이
내 앞날을 결정하게 될 수도 있습니다.

미래의 어느 날
'그때 왜 몰랐을까!'하며 후회하지 않으려면
어떻게 해야 할까요.

답은 간단합니다.
내가 대접받고 싶은 대로 남을 대접하고
내가 남에게 바라는 만큼 충실하게 일하고
내가 듣고 싶은 언어로 남을 대하면
나중에 가슴을 치면 후회할 일이 없습니다.

지금 이 시간은 다시 오지 않고
한 번 해놓은 일은 단번에 평가되고

한 번 해버린 말은 주워 담을 수 없고

한 번 나빠진 인상은 되돌리기 어렵습니다.

50

# 가장 소중한 것

산을 움직이려는 이는
작은 돌을 들어내는 일로부터 시작해야 한다. | 공자

어느 유명한 미술 경매장에서 사람들의 관심을 끄는 경매가 시작되었습니다.

엄청난 재산을 가진 부호가 죽자 그가 가지고 있던 거장들의 그림이 한꺼번에 경매에 나온 것이었습니다. 워낙 비싸고 유명한 그림들이었기 때문에 경매에 참여한 사람이든 그냥 구경을 나온 사람이든 잔뜩 호기심을 가지고 경매 상황을 지켜보고 있었습니다.

경매에 나온 그림들은 모두 경매가 진행되기 전에 관람객들이 볼 수 있도록 전시장에 전시되었고, 수백만 파운드에 달하는 작품들을 바라보는 사람들의 눈은 작품을 손에 넣으려는 경쟁심으로 빛이 났습니다.

그런데 경매가 시작되자 그 많은 작품들 중 가장 소박해 보이고 작가의 이름도 생소한 작품이 가장 먼저 경매에 붙여졌고, 아무도 그 그림에는 관심을 보이지 않았습니다.

그때 객석의 가장 뒷자리에 앉아 있던 한 노인이 손을 들고 일어나 말했습니다.

"제가 저 그림을 사겠습니다."

그러자 제일 앞줄에 앉아 있던 한 신사가 재빨리 자리에서 일어나 말했습니다.

"경매는 여기서 중단합니다. 이 그림을 사시는 분께 다른 모든 소장품을 넘기라는 것이 소장자의 유언이었습니다."

그 신사는 그 그림을 소장했던 부호의 변호사였습니다.

그 그림은 무명화가인 부호의 아들이 그린 것이었고, 그 그림을 사겠다고 한 노인은 그 집의 집사였습니다. 그 그림을 사는 데 전재산을 들여야 했지만, 주인의 아들을 사랑으로 돌보았던 집사는 전 재산을 털어서라도 그 그림을 소장하려 했던 것입니다.

아들을 돌볼 사람을 찾고 싶었던 부호는 세상을 떠나기 전에 이런 유언을 남겼습니다.

"누구든지 내 아들을 그린 그림을 사는 사람에게 모든 소장품을 주겠습니다. 이 그림을 선택한다면 그는 가장 소중한 것이 무엇인지 아는 사람이니 모든 것을 믿고 맡길 수 있기 때문입니다."

당신에게 가장 소중한 것은 무엇입니까.
가지고 있는 것 중에
단 한 가지를 선택하라고 한다면
어떤 것을 선택하겠습니까.

너무 선택할 것이 많아 망설여지거나
아무것도 선택할 것이 없어 망설여진다면
자신의 삶을 한번 되돌아보아야 합니다.

가장 소중한 것을 위한 삶을 살고 있습니까.
아무 소용도 의미도 없는 것들을 좇아다니느라
세월을 낭비하고 있지는 않습니까.

이리저리 휘몰아치는 세파에 휘둘리며
진정으로 지키고 가꿔나가야 할 것들은
뒷전으로 미뤄두고
아름답게 보내야 할 시간들을
무심히 지나치고 있지 않습니까.
사랑하는 사람이 늘 같은 모습으로
기다리진 않습니다.
사랑하는 아이가 늘 같은 모습으로

기다리진 않습니다.

무명작가의 소박한 그림을 산 늙은 집사는
자신이 지켜온 소중한 것에 전 재산을 썼습니다.
그로 인해 집사는 거부가 되었지만
그것은 소중한 것을 선택한 결과이지
돈을 버는 곳에 투자했기 때문이 아니었습니다.

소중한 것을 위해 사십시오.
시간도 사람도 당신을 위해 기다려주지 않습니다.
사랑하는 일에 최선을 다하십시오.

## 51

# 분수를 지키면 욕될 일이 없다

하늘에서 황금비를 내린다 해도 욕망을 다 채울 수 없다. | **법구경**

옛날 요(堯)임금은 나라를 허유(許由)에게 넘겨주려 했습니다.

"해와 달이 나왔는데 횃불을 켠다는 것도 우습고, 비가 오는데 밭에 물을 준다는 것은 쓸데없는 일이다. 허유와 같이 훌륭한 사람이 있는데 내가 언제까지나 천자 노릇을 하고 있다는 것은 괴로운 노릇이다. 그러니 허유에게 천자의 자리를 넘겨주겠다."

그러자 허유는 다음과 같이 이야기하며 임금의 자리를 사양했습니다.

"세상은 요 임금이 있어서 잘 다스려지고 있지 않은가. 내가 나올 때가 아니다. 내가 만약 요 임금을 대신하여 천자가 된다하면 그것은 요 임금이 훌륭했다는 것밖에 아니된다. 나는 천자라는 자리가 탐나지도 않을 뿐더러 필요하지도 않다."

그러면서 허유는 뱁새는 숲 속에서 둥지를 지어도 나뭇가지 하나면 되고 아무리 큰 짐승이 강물을 마신다 해도 제 배가 차면 그만인 것이라는 지족(知足)의 말을 덧붙였습니다.

---

자신의 자리를 아는 사람은
평안을 누리며 살 수 있습니다.
자기 자리가 아닌 줄 뻔히 알면서
욕심을 내고 억지로 그 자리에 앉으면
당하지 않아도 될 수치를 당하고
자신의 인생뿐 아니라
다른 이들의 삶에도 폐를 끼치게 됩니다.

자신의 역량은 생각하지 않고
무조건 높은 자리, 좋은 자리에
오르려고만 하는 사람들을
우리는 어리석다 흉보지만
자신에게 그런 면이 있는지는
잘 생각해보지 않습니다.

왜 나에겐 좋은 자리가 오지 않는 것인지
왜 나만 승진에서 뒤처지는지
왜 나보다 못한 사람이 내 위에 있는지…
이런 불만들이 줄을 설 때
나는 정말 내가 원하는 자리에 맞는 사람인지
진지하게 되물어보십시오.

어떤 사람들은 자신을 과대평가하고
어떤 사람들은 자신을 과소평가합니다.
과대평가하는 사람은
더 잘 할 수 있는 자리를 주지 않는다고 불만에 싸여 있고
과소평가하는 사람은
자신이 가진 역량을 충분히 발휘하려 들지 않습니다.

있는 그대로의 자신을 받아들이고
자기 안에 있는 역량을 키워나가는 사람은
기를 쓰고 높은 자리에 오르려고 애쓰지 않아도
자신이 앉고자 했던 높이의 자리에
올라서게 될 것입니다.
자리를 탐하기보다 역량을 키우는 게
순리를 따르며 목표를 이루는 지름길입니다.

52

# 효자의 길, 효도의 길

부모가 사랑하시면 기뻐하여 잊지 말고, 부모가 미워하시더라도
송구스러이 생각하여 원망하지 않고, 부모에게 잘못이 있거든
부드러이 간하고 거역하지 말아야 한다. | **증자**

결초보은(結草報恩), 즉 죽어서라도 은혜를 갚겠다는 뜻의 한자성어의 배경이 되는 이야기의 주인공 위과는 "효자 종치명 부종난명(孝子 從治命 不從亂命)"이라고 했습니다.

춘추시대 오패의 한 사람인 진문공의 부하 장수 중에 위주라는 이가 있었습니다. 그는 전쟁에 나갈 때면 두 아들인 위과와 위기를 불러놓고 자신이 전장에서 죽게 되면 자기가 사랑하던 여인 조희를 좋은 사람을 골라 시집 보내주라고 당부했습니다. 만약을 대비해 미리 유언을 했던 것입니다.

그런데 막상 집에서 병을 앓다 죽을 때는 조희를 자기와 함께 묻어달라고 유언했습니다. 당시에는 애첩을 순장하던 풍습이 있던지라 그리 놀랄 일은 아니었습니다. 그러나 위과는 아버지의 돌아가실 때의 유언을 따르지 않았습니다. 동생 위기가 아버지의 유언을 따라야 한다고 고집하자 위과는 이렇게 말했습니다.

"아버지께서는 평상시에는 이 여자를 시집 보내달라고 유언하셨다. 임종 때는 정신이 혼미해서 하신 말씀이다. 효자는 모름지기 정신이 맑을 때의 명령을 따르고 정신이 어지러울 때의 명령을 따르지 않는다(孝子 從治命 不從亂命)."

그리고는 장사를 치르고 나서 그녀를 좋은 집으로 시집 보냈습니다.

얼마 후 두 형제는 전쟁터에 나가 두회라는 진나라 대장을 만나 싸우게 되었습니다. 두회는 하루에 호랑이 다섯 마리를 주먹으로 쳐서 잡은 기록이 있고, 거대한 체구에 칼과 창도 잘 들어가지 않는 쇠처럼 단단한 피부를 가진 용장이었습니다. 위과와 위기는 첫 싸움에서 크게 패하고 그날 밤을 뜬눈으로 새우다시피했습니다. 그런데 위과의 귓전에 '청초파(靑草坡)' 라고 속삭이는 소리가 들렸습니다. 놀라서 위기에게 물었으나 위기에게는 아무 소리도 들리지 않았다고 했습니다.

다음 날 두 형제는 청초파라는 지명의 장소를 찾아내 그리로 옮겨 싸웠습니다. 그런데 이 날 아주 이상한 일이 일어났습니다. 적장 두회는 여전히 용맹을 떨치고 있었는데 위에서 내려다보니 웬 노인이 풀을 잡아매어 두회가 탄 말이 자꾸만 걸려 넘어지게 하였습니다. 그러나 적군들 눈에는 보이지 않는 것 같았습니다. 말이 자꾸 넘어지자 두회는 말에서 내려 싸웠습니다. 그러나 두회의 발 역시 풀에 걸려 넘어졌습니다. 결국 두회는 포로로 잡혔고, 싸움은 두 형제의 승리로 끝났습니다.

그날 밤 위과의 꿈에 낮의 그 노인이 나타나 말했습니다.

"나는 조희의 아비 되는 사람입니다. 장군이 선친의 치명(治命)에 따라 내 딸을 좋은 곳으로 시집 보내준 은혜를 갚기 위해 미약한 힘으로 잠시 장군을 도와드렸습니다."

이렇게 낮에 일어났던 일을 설명해주고, 위과의 그런 음덕으로 뒤에 자손이 왕이 될 것도 일러주었다고 합니다.

---

효도하는 방법은 단순합니다.
부모님의 마음을 편안히 해드리는 것,
부모님의 마음을 기쁘게 해드리는 것.

마음의 평안은 자식의 건강에서 오고
마음의 기쁨은 자식의 성공에서 오지만
그보다 더 먼저 해야 할 것은
따뜻하게 건네는 말 한마디,
다정한 안부인사입니다.

멀리 계신 부모님께 전화를 드린 것은 언제입니까.
함께 밥을 먹고 차를 나눈 것은 언제입니까.
부모님께 들은 말 중에 어떤 것을 기억하고 있습니까.

부모님께 가장 마지막으로 한 말을 무엇입니까.
지금 부모님과 나누고 싶은 이야기가 있습니까.

부모님의 뜻을 따르는 것이 효도이지만
한번 더 깊이 생각해야 할 부분도 있습니다.
부모님의 바람 때문에 자신의 꿈을 꺾거나
부모님의 요구 때문에 원치 않는 길을 가는 것은
진정한 효도라고 할 수 없습니다.
그것은 자신의 삶을 사는 것이 아니라
부모님의 삶을 대리하는 것이고
대리하는 삶은 행복할 수 없기 때문입니다.

진정한 효도는
자신이 선택한 목표를 위해서 열심히 살고
마침내 꿈을 이루는 것입니다.
자식의 행복보다
부모님을 더 기쁘게 하는 것은 없습니다.

53

# 기회는 누가 잡는가

누구든지 좋은 기회가 없었던 것은 아니다.
다만 그것을 적시에 포착할 수 없었을 뿐이다. | **카네기**

옛날 그리스의 한 도시에 이상하게 생긴 동상이 서 있었습니다. 이 동상은 날개가 발에 달렸으며, 앞쪽에만 머리카락이 늘어져 있고 뒤는 대머리였습니다. 동상을 받치고 있는 단에 새겨진 문답은 동상의 생김새만큼 재미있습니다.

"누가 그대를 만들었는가?"

"뤼지푸스가 날 만들었다."

"그대의 이름은 무엇인가?"

"내 이름은 '기회' 다."

"왜 날개에 발이 달렸는가?"

“땅 위를 발 빠르게 날아갈 수 있으려고.”

“어째서 앞에 머리가 있는가?”

“내가 오는 것을 보면 누구든지 즉시 붙잡을 수 있도록 하기 위해서.”

“그러면 뒷머리는 어째서 대머리인가?”

“돌아서고 나면 나를 붙잡을 수 없게 하려고.”

---

기회가 눈에 확 띄는 빨간 불을 켜고 나타나거나
‘내가 기회이니 나를 꼭 붙들라’고
소리쳐 준다면 얼마나 좋을까요.
아무 고민도 망설임도 없이
그저 잡기만 하면
그다음부터는 모든 일이 순조롭게 잘 될 테니까요.

그렇지만 기회는 야속하게도
빨간 불을 켜고 오지도,
이름표를 달고 나타나지도 않습니다.
잡을 겨를도 없이 급히 지나가버리는가 하면
그런 듯도 하고 아닌 듯도 하여
어찌할까 망설이는 사이에
무심하게 사라져버리기도 합니다.

기회를 알아볼 수 있는 눈이 있다면 얼마나 좋을까요.
그런 눈만 있다면 고민도, 고생도 하지 않고
편안한 인생을 살 수 있을 텐데요.

하지만 기회란 손 안에 쥐어진 만능 열쇠처럼
모든 것을 해결해주는 것이 아닙니다.
기회가 왔고, 요행히 그것을 잡았다 해도
그 기회를 살릴 수 있는 능력이 없다면
차라리 잡지 못한 것만 못한 결과를 불러올 수 있습니다.

기회는 잡는 것도 중요하지만
잡은 기회를 살릴 수 있는 것이 더 중요합니다.
기회는 소리 없이, 예고하지 않고 옵니다.
어느 날 갑자기 자신이 원하던 기회가 온다면
그것을 충분히 활용할 수 있는 능력을 갖추고 있습니까.

운좋게 잡은 기회도
준비된 자만이 이용할 수 있습니다.

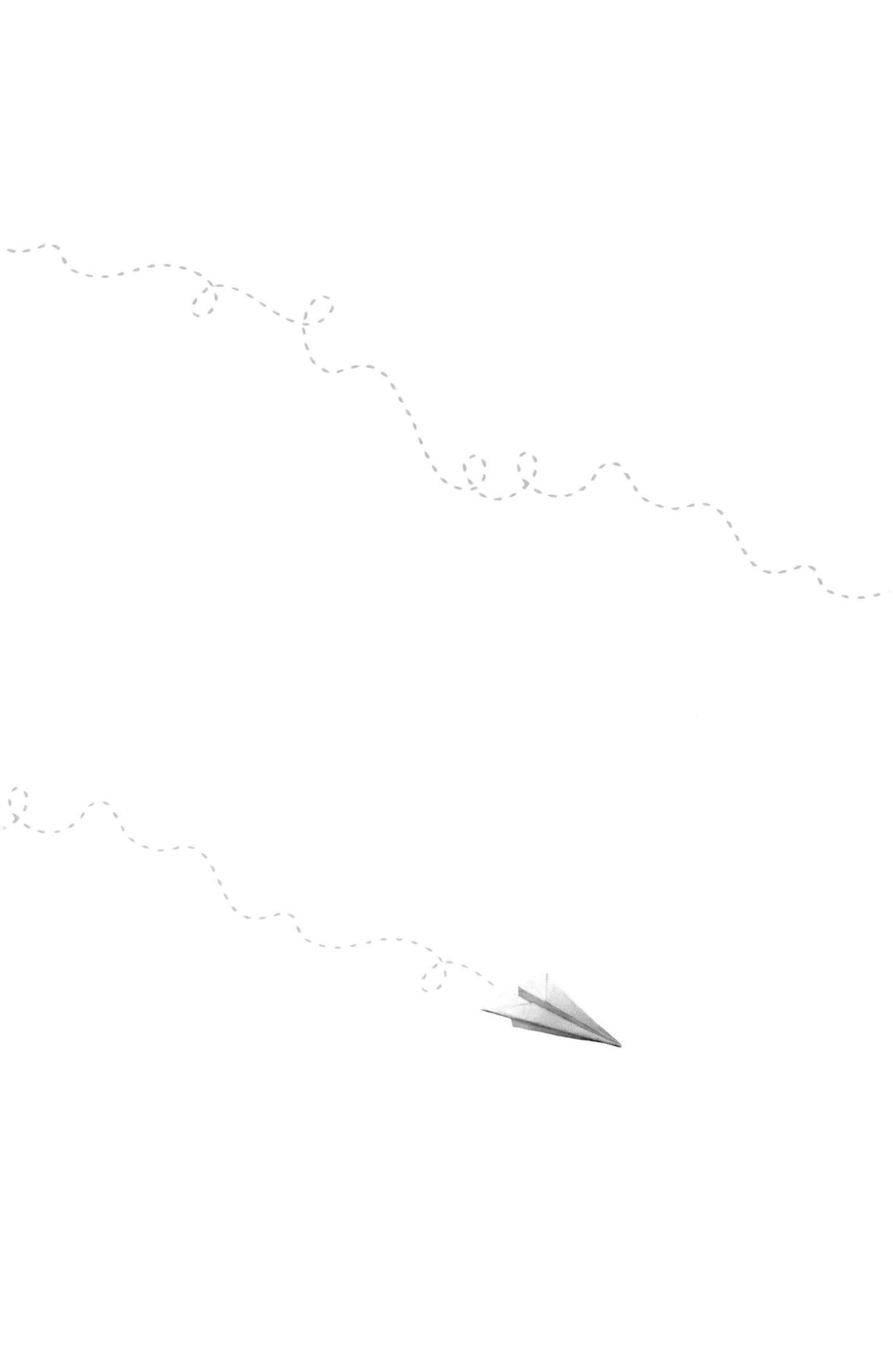

54

# 평범이 이룬 일이 더 값지다

천재는 당연한 것을 처음으로 떠올린 사람이다. | **헤르만 바크**

문필가이자 학자였던 류달영 선생님은 소년 시절 누에 다섯 마리를 먹으면 천재가 된다더라는 외숙모님의 말에, 몸이 땀으로 흠씬 젖을 정도로 애쓴 끝에 누에 다섯 마리를 삼키고는 천재가 될 때를 기다렸습니다. 그러나 천재가 될 조짐은 보이지 않았습니다. 때로 누에 다섯 마리가 너무 적어 그런가 생각해보기도 했지만, 결국 누에로 천재가 되지 못한다는 것을 깨닫고 다시 열심히 공부를 계속하였다고 합니다.

그는 그때를 이렇게 술회합니다.

"내가 천재가 되었더라면 재주만 믿고 공부도 안 했을 것이고 또 더없이 경박한 인간이 되었을 것이다. 천재가 안 된 것은 생각할수록 잘된 일이다."

---

어느 시대에나 어떤 분야에나
세상을 떠들썩하게 하는 천재들이 있습니다.
그런 사람들의 이야기를 들으면
무조건 부럽습니다.

어떻게 그런 행운을 타고났는지
남보다 덜 노력해도
남보다 월등하게 뛰어날 수 있는 그들은
그야말로 하늘의 복을 받은
사람들처럼 보입니다.

그런 이들에 비해
특출한 재능도 타고나지 못했고
남들보다 더 노력해도 남들보다 못한 것 같은
내 삶이 너무 시시하고
의미 없어 보입니다.

하지만

하늘이 어떤 부분에 천재적인 능력을 주었다고 해서
인생의 모든 문제를 해결해준 것은 아닙니다.
천재에게는 천재의 괴로움이 있습니다.
천재도 인간관계의 어려움에 부닥치고
천재성을 발휘하는 분야 외에서는
평범한 사람들이 겪는 어려움을 겪습니다.
한 분야의 특출함 때문에
오히려 다른 한 부분은 평범한 사람보다 뒤처지기도 합니다.
평범한 사람보다 주목받기 때문에
평범한 생활조차 할 수 없는 괴로움도 당합니다.
주변의 기대를 한몸에 받고 있으므로
감당해야 할 몫도 크고 무겁습니다.
왕이 왕관의 무게를 지탱해야 하듯이
천재는 천재의 몫을 감당해야 합니다.

천재라는 조건이 행복한 삶을
보장해주지는 않습니다.
특별한 능력을 가진 사람들을 부러워하기보다는
평범한 능력을 특별하게 가꾸어가는 기쁨을 맛보는 것이
소박하지만 평화로운 삶입니다.

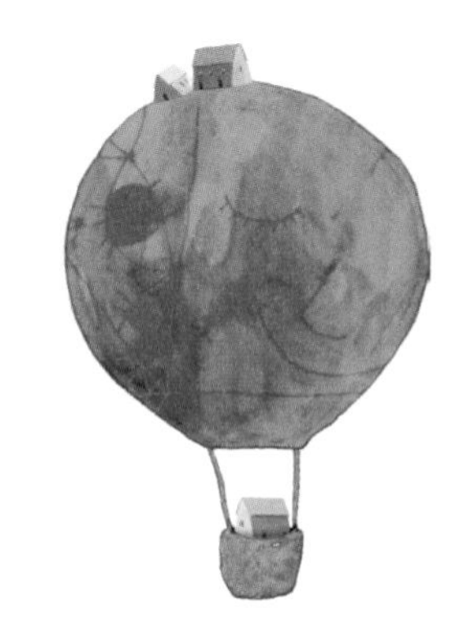

제 4 장

# 절망 옆에는 반드시 희망이 있다

55

# 신을 만나려면 사랑이 필요한 곳으로 가라

사랑이란 자기희생이다.
이것은 우연에 의존하지 않는 유일한 행복이다. | 톨스토이

톨스토이의 민화에 나오는 이야깁니다.

러시아의 어느 시골에 다정한 두 노인이 살고 있었습니다. 그들의 평생 소원은 성지순례를 하는 것이었습니다. 한 노인은 부자였기 때문에 여행 경비를 쉽게 마련했지만 다른 한 노인은 가난하여 경비를 마련하는 데 오랜 시일이 걸렸습니다.

드디어 두 노인은 성지순례 길에 올랐습니다. 기차를 타고 또 배를 타며 몇 날을 여행한 끝에 어느 마을을 지나게 되었습니다. 그 마을에는 큰 흉년이 들어 사람들이 굶어 죽어가고 있었습니다. 오랫동안 아무것도 먹지 못해 쓰러져 있는 사람들을 본 가난한 노인은 그들을 먼저 구한 뒤에 여행을 계속하자고 했습니다. 그러나 부자 노인은 성지순례를 계속하자고 했습니다.

서로 합의가 이루어지지 않자 결국 부자 노인은 성지순례를 떠났고 가난한 노인은 그 마을에 남았습니다. 가난한 노인은 그 사람들에게 먹을 것을 마련해주고 간호하다보니 가지고 있던 여행 경비를 모두 써버리고 말았습니다. 그는 할 수 없이 그냥 집으로 돌아왔습니다.

한편 부자 노인은 예루살렘에 도착하여 십자가 유적지까지 왔지만 사람들이 어찌나 많은지 도저히 더는 접근하기가 힘들어 멀리서 바라볼 수밖에 없었습니다. 그런데 얼마 전에 헤어졌던 그 친구가 어느새 먼저 와서 십자가 바로 밑에 서 있는 것이 아닙니까. 부자 노인은 그 친구를 큰소리로 불렀지만 친구는 돌아보지 않았습니다.

결국 부자 노인은 성지순례도 제대로 못하고 돌아왔습니다. 고향에는 십자가 아래에 있던 그 친구가 벌써 돌아와 있는 것이었습니다. 부자 노인이 성지에서는 왜 나를 모른 척했느냐고 따져 묻자 가난한 노인은 자기는 그곳 근처에도 가지 못했다고 대답했습니다.

---

성지 순례는 어느 종교인이나 떠나고 싶은 여행입니다.
기독교인들은 예수님과 그 제자들의 자취를
불교도들은 부처님과 그 제자들의 자취를
따라가보며 그들의 체취를 느끼고자 합니다.

그 길 위를 걸어보면,
그 성소 안에 들어서보면
평범한 일상에서 느낄 수 없었던
감홍과 영감이 솟아나고
큰 축복과 영광이 임할 것 같은 느낌도 갖게 됩니다.

종교의 영역은 일상의 영역과 분리된
신성한 곳이라서
마음가짐도 행동거지도 달라질 수밖에 없습니다.
하지만 종교는 일상과 분리될 수 없는
생활의 일부입니다.
교회나 사찰에서 보인 태도가
일상으로 연장되지 않는다면
신앙은 내 삶에 아무런 영향도 주지 못하는 것입니다.

아무리 성지 순례를 여러 번 다녀와도
아무리 경전을 여러 번 통독해도
자기 삶에 아무런 영향도 미치지 못한다면
아무 소용도 없습니다.

입으로는 사랑과 나눔을 말하지만
일상생활에서는

자신의 몸만 생각하고
자신의 이익만 챙긴다면
신앙이 없는 사람과 하등 다를 것이 없습니다.

신을 찾아 먼 곳으로 떠날 필요는 없습니다.
신은 성지를 순례하는 사람에게도 나타나겠지만
평범한 모습을 한 우리 이웃 속에 계실지도 모릅니다.
인간은 모두 신의 형상으로 만들어졌다고 하니까요.

# 56

# 떠도는 말에 휘둘리지 않는다

짧은 말에 오히려 많은 지혜가 감추어져 있다. | **소포클래스**

덕(德)과 지(智)를 겸비한 지도자가 있었습니다. 그를 따르는 추종자들이 그의 이야기를 듣기 위해 모였습니다.

추종자들은 요즘에 문제가 되고 있는 미묘한 정치적 사안에 대하여 지도자의 견해를 듣고 싶어 했습니다. 그는 자기의 생각을 이야기하기 시작했습니다. 그런데 그의 말은 전혀 앞뒤가 맞지 않았습니다. 어떤 사람들은 그 논리적 모순에 오히려 대단한 뜻이 숨어 있는 것이 아니겠느냐며, 자신들이 미처 알아채지 못한 부분을 찾느라 애를 썼습니다. 또 다른 사람들은 이제 그도 한물간 것이 아니겠느냐며 수군댔습니다. 그러나 그 지도자는 아무런 해명도 하지 않았습니다. 그리고 그 일을 잊어버릴 만큼의 시간이 흘렀습니다.

어느 날 지도자는 자신을 따르는 이들 중 한 사람을 만났습니다. 지도자는 그의 손을 힘있게 잡으며 이런 이야기를 했습니다.

"벌써 꽤 오래된 일이지만 자네에게 고백할 이야기가 있네."

"예, 무슨 일이십니까?"

그는 자신이 예전에 앞뒤가 맞지 않는 말을 하게 된 이유에 대하여 말했습니다.

"그때 나는 확인도 되지 않은 풍문을 가지고 이야기하려고 했었네. 게다가 그 풍문은 자네 부친과도 관련이 있는 내용이었다네. 그런데 이야기 도중에 보니 자네 얼굴이 눈에 들어오더군. 그래서 이야기를 틀어버린 것이었네. 확인되지도 않은 사건으로 자네 마음에 상처를 주기보다는 내가 바보가 되는 것이 낫다는 판단이 서더군. 결국 그 풍문은 사실이 아닌 것으로 판명되었지."

그러면서 지도자는 그에게 진심 어린 사과의 말을 덧붙였습니다.

---

"어떤 사람이 군자입니까?"
라는 제자의 물음에 공자님은
"남에게 들은 말을 다른 사람에게 옮기지 않는 사람이다."
라고 답하셨다고 합니다.
내가 들은 말을 남에게 옮기지 않기가
그만큼 어렵다는 뜻입니다.

사람들은 대체로 남의 말,
그중에서도 나쁜 말이나
추한 이야기일수록 다른 사람에게 전하고
함께 이러쿵저러쿵 떠드는 것을 재미있어 합니다.
확인되지 않은 말이 한 두 사람의 입을 거치고 나면
기정사실이 되는 것을 넘어
점점 과장되게 부풀려지곤 합니다.

이렇게 나쁜 말의 연쇄고리에
말려들면 자신도 모르게
누군가에게 치명적인 상처를 주게 되고
나중에 자신에게 부메랑으로 돌아오기도 합니다.

다른 사람에게 들은 말은
가능한 남에게 옮기지 않아야 합니다.
자신과 아무 상관이 없는 말은 상관이 없으므로
자신과 상관이 있는 말은 자기만 알면 되기 때문에
옆으로 옮길 필요가 없습니다.

말은 옮기다 보면
사실보다 과장되기 쉽고
나의 생각이 마치 사실의 일부인 것처럼

전달될 위험도 큽니다.
그렇게 전달된 말은 자신에게 화로 돌아옵니다.

말조심은 아무리 강조해도 지나치지 않습니다.
오랫동안 애를 쓰며 쌓아놓은 평판이
말 한마디로 무너질 수 있습니다.
말을 잘하려고 애쓰기보다는
어눌하더라도 진실한 말을 하는 것이
자신을 지키는 방법입니다.

57

# 강한 자가 고개를 숙인다

머리를 너무 높이 들지 말라.
모든 입구는 낮은 법이다. | **영국 속담**

어느 날 벤자민 프랭클린이 이웃의 노인 집을 방문했습니다. 서로 이야기를 마친 후 그 집의 주인 노인이 집 밖으로 나가는 지름길을 가르쳐주었습니다. 그런데 지름길 중간쯤에 천장보다 낮은 들보가 있었습니다.

노인은 프랭클린이 머리를 부딪칠까봐 주의를 주었습니다.

"머리를 숙이세요. 머리를 숙여요."

그러나 그 들보를 미처 보지 못한 벤자민 프랭클린은 저 사람이 왜 저러나 하고 생각하는 사이에 머리를 부딪히고 말았습니다. 그러자 노인이 말했습니다.

"이보게나 젊은이, 자네가 이 세상을 살아가면서, 머리를 자주 숙이면 숙일수록 그만큼 부딪히는 일이 없을 걸세."

벤자민 프랭클린은 노인의 그 말을 평생 동안 잊지 않았다고 합니다.

머리를 숙인다는 것은
인사를 하거나, 사과를 하거나
자신을 낮추는 자세입니다.

머리는 숙이는 것은
몸의 자세가 아니라 마음의 자세가 더 중요합니다.
마음이 겸손하게 되어 있을 때에야
비로소 몸을 낮추는 것도 자연스럽습니다.

마음은 따라가지 않으면서
억지로 머리를 숙이는 자세는
뻣뻣하고 어색해서
그 속마음이 금방 드러납니다.

겉으로만 하는 인사치레가 아니라
겸손한 마음으로 머리를 숙이면
편안하고 자연스러운 자세가 되고

그 자체로 사람의 마음을 움직입니다.

자세를 낮추고 머리를 숙이는 것은
힘이 약하거나
지위가 낮거나
권위가 없는 사람이라서가 아닙니다.

자세를 낮추고 머리를 숙이는 것은
어떤 계산이나 선입견 없이
있는 그대로의 상대방을 존중하는 것이고
나의 예의를 갖추는 것입니다.

앞을 향해 나아갈 때는
바르고 꼿꼿한 자세로 걷고
누군가를 대할 때는
겸손하게 고개를 숙여
상대를 존중하는 것이
진정으로 당당한 사람의 자세입니다.

58

# 생각도 습관이다

인간은 자신의 마음의 태도를 변화시킴으로써
인생을 변화시킬 수 있다. | **윌리엄 제임스**

"그래, 그렇지만 이젠 괜찮아. 생각을 바꿨기 때문이야. 희망이니 절망이니 하는 것들도 다 생각하는 방식에서 비롯되는 것이니까. 지금 우리가 손잡고 있는 것처럼 희망과 절망도 손잡고 있을 때가 많거든. 그 애들은 원래 친구 사이니까. 커서 절망을 만나더라도 멀지 않은 곳에 희망이 있다는 사실을 잊지 말아라."

〈어느 시인의 이야기〉에서 한 맹인 청년이 철길 앞에서 자신에게 위험을 알려준 소년에게 해준 말입니다.

생각을 바꾼다는 말은 아주 중요합니다.
같은 상황이라도
생각을 바꾸면 180도 다른 상황이 됩니다.
같은 사람이라도
생각을 바꾸면 180도 다른 사람이 됩니다.

생각도 습관입니다.
누군가 강제로 그렇게 명령한 것도 아닌데
비관적인 생각을 하는 사람은
어떤 상황에서도 비관적인 생각을 하고
긍정적인 생각을 하는 사람은
어떤 상황에서도 긍정적인 생각을 합니다.
습관이 습관을 낳기 때문입니다.

생각에는 힘이 있습니다.
비관적인 생각은 비관적인 일을 일으키고
긍정적인 생각은 긍정적인 일을 일으킵니다.

생각은 전염됩니다.
비관적인 생각을 하는 사람 옆에 있으면
자신도 어느새 비관적이 되어가고

긍정적인 생각을 하는 사람 옆에 있으면
자신도 어느새 긍정적이 됩니다.

행복도 생각에 달려 있습니다.
행복해지고 싶다면
돈이나 권력을 쫓기보다
생각을 바꾸어야 합니다.
돈에 대한 욕심은 끝이 없고
지위가 높을수록 고민도 커지지만
생각이 밝은 사람은
작은 희망만으로도 행복을 느끼고
그 힘이 더 큰 행복을 불러옵니다.

생각을 바꾸면
인생도 달라집니다.

# 59

# 살아 있는 건 지금, 이 순간

진정한 생활은 현재뿐이다.
따라서 현재의 이 순간을 최선으로 살려는 일에
온 정신력을 기울여 노력해야 한다. | **톨스토이**

흘러간 과거를 뒤쫓지 말라. 오지도 않은 미래를 갈구하지 말라.
과거는 이미 흘러가버린 것, 미래는 아직 오지 않은 것,
그러므로 현재의 일을 있는 그대로 흔들리지 말고 보아야 한다.
흔들림 없이 동요됨 없이 정확히 보고 실천하여야 한다.
〈아함경〉에 있는 말씀입니다.
톨스토이 문집에는 이런 이야기도 있습니다.
어떤 사람이 성자에게 물었다.
"인생에서 가장 중요한 때는 언제이고, 가장 중요한 사람은 누구이며, 가장

중요한 일은 무엇입니까?"

성자가 대답했다.

"가장 중요한 때는 지금이다. 지금 이 순간에만 스스로를 통제하고 고쳐나갈 수 있기 때문이다. 가장 중요한 사람은 당신 앞에 서 있는 사람이다. 사람은 앞으로 어떤 사람과 관계를 맺게 될지 알 수 없다. 그러므로 현재 당신 앞에 있는 사람에게 충실해야 한다. 가장 중요한 일은 사랑이다. 인간은 사랑하고 사랑받기 위해 태어났기 때문이다."

우리는 과거의 시간도 미래의 시간도 다룰 수 없습니다. 오직 지금 이 순간을 살 수 있을 뿐입니다.

---

우리는 자신이 가진 것을 잘 활용하기보다
가지지 못한 것, 어쩔 수 없는 것에
마음을 쓰고 시간을 헛되이 보내곤 합니다.

우리 손에 쥐고 있는 것은 현재라는 시간입니다.
그런데 현재는 늘 미래를 걱정하느라 허비하기 일쑤입니다.
미래를 위해서 오늘 하고 싶은 일을 미루고
미래를 걱정하느라 오늘 즐겨야 할 즐거움을 미룹니다.
무슨 일이 일어날지 모르는 미래가 두려워서
오늘은 늘 임시로 사는 것처럼

늘 불만족한 상태로 머물러 있으려 합니다.
미래란 손에 잡을 수 없고
내 손 안에는 언제나 현재만이 있을 뿐인데 말입니다.

과거 또한 현재의 발목을 잡곤 합니다.
과거에 이랬더라면 더 나았을 텐데
과거에 그랬던 내가 지금은……
과거에 그 사람 때문에……
과거의 그 사건 때문에……
지나버린 과거를 탓하는 건,
나태한 변명일 뿐입니다.
그렇게 변명하면서 보내는 현재가
또다시 후회할 과거가 됩니다.

과거를 후회하고 미래를 두려워하는 시간에
오늘을 열심히 사십시오.
오늘에 충실하다면
미래를 걱정할 것도 과거를 후회할 것도 없습니다.
오늘은 어제가 보낸 미래이고
시시각각 다시 돌이키지 못할 과거가 됩니다.

당신은 지금 무엇을 하고 있습니까.

60

# 가장 행복한 날은 언제인가

은혜를 베풀거든 그 보답을 구하지 말고,
남에게 주었거든 후에 뉘우치지 말라. | **명심보감**

강철왕 앤드류 카네기의 어머니에게 가장 행복했던 날은 언제였을까요? 아들 앤드류 카네기가 성공하여 궁궐 같은 대저택을 사주고 그야말로 누릴 수 있는 최고의 호화로운 생활을 영위할 수 있었을 때일까요? 그렇지 않습니다.

앤드류 카네기는 스코틀랜드에서 태어났고 열세 살이 될 때까지 그곳에서 살았습니다. 그 당시 미국에는 카네기의 숙모님이 살고 있었습니다. 그리고 숙모님으로부터 무한한 가능성의 땅 미국에 대해 들었습니다. 카네기 부모님은 미국으로 건너가기로 결심하고 배 삯을 준비하기 시작했습니다.

"어머니, 미국까지 갈 배 삯은 다 마련되었나요?"

소년 카네기가 물었습니다.

"아직은 다 마련되지 않았다. 하지만 너는 걱정하지 않아도 된단다. 우리 재산을 정리해서 팔면 그 정도는 충분할 거다."

어머니는 어린 카네기가 대견스럽기도 하고 안타깝기도 하여 일단 그렇게 안심시켰습니다. 그러나 이미 팔 만한 것은 다 판 상태였지만 아직도 20파운드나 부족했습니다. 게다가 다른 나라로 떠나 언제 다시 볼지도 모르는 사람에게 그런 큰돈을 빌려줄 사람도 없었습니다. 마지막으로 어머니는 친구 핸더슨 부인을 찾아가 의논했습니다.

"돈이 될 만한 것은 죄다 팔았지만 여전히 배 삯이 모자라는데, 여유가 있으면 좀 꾸어줄 수 있겠니?"

"그래. 내가 마련해줄게. 다른 준비나 얼른 서둘러."

핸더슨 부인은 부족한 여비를 당장 마련해주었습니다. 그리고 그 덕분에 카네기 가족은 무사히 미국으로 갈 수 있었습니다.

미국에 도착해서 어머니는 제일 먼저 주머니 하나를 마련했습니다. 그리고 어떤 일이든 마다 않고 열심히 일했습니다. 품삯을 받아오면 어머니는 제일 먼저 그 주머니에 50센트짜리 동전을 한 닢 넣고 나서야 먹을 것을 샀습니다.

어느 날 카네기가 밖에 나갔다가 집에 들어오자 어머니는 기쁨의 환성을 터뜨리면서 카네기의 손을 붙잡고 춤을 추었습니다.

"얘야, 오늘은 내게 최고의 날이란다. 오늘만은 마음껏 먹고 즐기기로 하자."

"어머니, 무슨 좋은 일이 있으셨어요?"

카네기는 어머니의 기뻐하는 모습을 보며 그 이유를 물었습니다.

"그렇단다. 핸더슨 부인에게 꾼 돈을 오늘 드디어 갚을 수 있게 되었단다. 빚을 갚게 된 것만큼 기쁜 일이 또 어디겠니?"

어머니의 주머니에 이제 20파운드가 채워진 것입니다. 어머니는 카네기에게 핸더슨 부인의 은혜에 감사해야 한다고 누누이 일렀습니다. 이렇게 카네기는 어린 시절 부모로부터 신용과 감사에 대해서 배웠습니다.

살아가면서 빚을 지지 않을 수 있다면
가진 것이 별로 없어도
정말 편안한 인생이 될 것입니다.

하지만 홀로 살아갈 수 없는 인간은
금전적인 빚이든 마음의 빚이든
빚을 지며 살아갑니다.

금전적인 빚은 마음을 옥죄어오는 사슬입니다.
빚이 청산되지 않은 이상
마음의 평안을 누리기가 어렵습니다.
저금통장에 늘어나는 숫자보다
빚 통장에 줄어드는 숫자가
더 마음을 기쁘게 합니다.
갚지 않으면 편안히 살 수 없으므로

빚을 갚기 위한 노력은 지속됩니다.

그런데 마음의 빚은 잊기 쉽습니다.
어려운 시절에 나를 믿어주고 지지해주고
도와준 고마움은 잠시 머물렀다 어느 결에 잊혀집니다.
그때 받은 도움이 결정적이었다 해도
그것을 기억하고 감사하는 마음을 간직하는
사람은 많지 않습니다.

자신의 성공을 뒷받침한
다른 이들의 크고 작은 도움은 무시되고
내가 남보다 열심히 일했으므로,
오로지 내 능력으로 이루었으니
'나는 아무에게도 빚진 것이 없다'고 자만합니다.

다른 이들에게 진 빚을 잊지 않고 살아가는 사람은
지난날 나와 같은 사람들을 돌아볼 줄 알고
내가 받은 것을 다른 사람들에게 돌려줄 줄도 압니다.
그런 사람이야말로 제대로 빚을 갚는 사람입니다.

당신은 누구에게 가장 큰 빚을 졌다고 생각하십니까.

61

# 배려가 예절이다

바른 행동이라도 예의가 뒷받침하지 않으면
존경받을 수 없다. | **발타자르 그라시안**

에티켓(eitiquette)이라는 단어에는 재미있는 어원이 전해집니다.

베르사유 노(老) 정원사에게 아주 근심스러운 일이 있었습니다. 노정원사는 초봄부터 궁전의 꽃밭을 가꾸는 데 매일매일 정성을 들였습니다. 여름이 와서 꽃이 피면 아름다운 모양이 되도록 모양과 색깔을 미리 그려 놓고 씨를 뿌리고 일궜습니다.

그러나 여름이 되어도 자신이 생각한 대로 꽃이 피지는 않았습니다. 저녁때 꽃밭을 정돈해놓지만 아침이 되면 귀족 부인들이 몰려나와 꽃밭을 밟아버렸기 때문입니다. 그런 일은 매해 반복되었습니다. 그는 이제 더 이상 부인들의 횡포를 참을 수 없었습니다. 그래서 왕에게 그런 사정을 탄원했습니다.

그래서 왕은 노 정원사의 정성과 노력이 헛되지 않도록 'a ticket'이라고 쓴 작은 팻말을 꽃밭에 가지런히 꽂아두라고 명했습니다. 그리고 대신들과 부인들은 그곳을 지날 때는 조심스럽게 다니도록 지시했습니다. 원래 이것은 궁정에서 지켜야 할 예절을 적어 놓은 티켓을 뜻하는 것이었습니다.

이렇게 a ticket(어 티켓)에서 eitiquette(에티켓)이라는 말이 생겨났다는 이야기지요. 결국 에티켓, 예절이라는 말은 상대의 입장을 배려하여 행동해야 한다는 뜻입니다.

요즘은 배려를 강조하고
당연히 가져야 할 품성처럼 이야기하면서도
예의를 지키는 사람은
고루한 사람처럼 이야기하기도 합니다.

당당하다거나
개성이 강하다는 말이
무례하다거나
오만하다는 말과
혼동되기도 합니다.

나에게 정중하지 않은 사람은 참지 못하면서
다른 사람을 정중하게 대하지 않는
사람들도 많습니다.

에티켓의 기본 정신은 배려입니다.
에티켓은 시대에 따라, 나라에 따라
변하기도 하고 다르기도 합니다.
하지만 다른 사람들을 배려하는 마음으로
행동하면 에티켓에 어긋날 일이 별로 없습니다.

생명을 가진 것은 무엇이든 소중히 여기는 마음
다른 이들을 불편하게 하지 않으려는 마음
일하는 사람들의 수고를 덜어주려는 마음
아름답고 좋은 것일수록 함께 누리려는 마음
다음 사람을 위해 양보하는 마음
이런 마음들이 모여 에티켓을 만듭니다.

# 마지막에 가져갈 수 있는 것

돈은 현악기와 같다. 그것을 적절히 사용할 줄 모르는 사람은
불협화음을 듣게 된다. 돈은 사랑과 같다.
이것을 잘 베풀려 하지 않는 이들은 천천히 그리고 고통스럽게 죽이고,
타인에게 이것을 베푸는 이들에게는 생명을 준다. | **칼릴 지브란**

세계를 정복한 알렉산더 대왕은 자신의 임종이 다가옴을 알고 자신의 장례 방법에 대하여 측근들에게 다음과 같이 유언하였습니다.

"내가 죽거든 묻을 때 손을 밖에 내놓아 보이도록 하여라."

이 괴상한 유언에 어리둥절해 하는 신하들에게 알렉산더는 그 이유를 이렇게 설명하였습니다.

"천하를 쥐었던 이 알렉산더도 떠날 때는 빈손으로 간다는 것을 세상 사람들에게 보여주고자 함이다."

'공수래공수거'란 말이 있습니다.
'빈손으로 왔다가 빈손으로 간다'는 뜻입니다.
재물이나 권력의 허망함을 표현한 것인데
꿈을 가지고 목표를 향해
열심히 달리고 있는 사람에게 하기에는
적절하지 않은 말일 수도 있습니다.

그런데 열심히 달리는 중에도
가끔은 이 말이 필요한 때가 있습니다.
왜 많은 꿈 중에 그 꿈을 가졌는지 잊어버리고
무작정 달리기만 할 때입니다.
정작 중요한 것은 뒷전으로 던져두고
눈에 보이는 것을 잡는 데만 정신이 쏠리면
잘못된 선택도 서슴없이 할 수 있기 때문입니다.

지금 당장 얻을 수 있는 이익을 위해
잘못인 줄 알면서도 손을 댄다면
그 끝은 너무도 자명합니다.

아무리 높은 권력을 가지고 있어도
관 속에 아무리 많은 돈을 숨겨 두었어도

세상을 떠날 때는
가져갈 수 없습니다.
살아온 동안의 기억과
자신의 평판만이 남을 뿐입니다.

세상에 거대한 것을 남기거나
역사에 이름을 새길 수 있는 사람은 많지 않습니다.
평범한 사람들은 자신의 삶 자체가
자신이 가질 수 있는 전부입니다.

사랑하는 사람들과 함께하고
하고 싶은 일을 미루지 않고
살아가는 동안 즐겁게 보내는 것이
후회 없이 죽음을 맞는 방법입니다.

63

# 사랑은 죽지 않는다

사랑의 계산 방법은 독특하다.
절반과 절반이 합쳐 하나가 되는 것이 아니라, 오직 완전한 두 개가 모여
완전한 하나를 만들기 때문이다. | **조 코데르트**

미국 희극 배우 잭 베니가 죽은 후, 48년 간 동고동락한 부인에게 날마다 아름답고 싱싱한 장미 한 다발이 배달되었습니다. 부인은 누가 보낸 것인지 전혀 알 수가 없었습니다. 그래서 꽃집에 전화를 해서 보낸 이가 누군지, 왜 날마다 꽃을 보내는지를 물었습니다. 꽃집 주인의 대답은 다음과 같았습니다.

"남편께서 당신이 살아계신 동안 장미꽃 한 다발씩을 꼭 보내드리라는 유언을 남기셨습니다."

사랑의 유통기간은 얼마나 될까요.
어떤 사람은 6개월,
어떤 사람은 3년이라고 합니다.
물론 더 길게,
평생 변함이 없는 사랑도 있겠지요.

사랑이 늘 같은 모습일 수는 없습니다.
처음 사랑의 모습을 끝까지 간직하면
좋을 것 같지만
그렇게 정열적인 상태가 지속된다면
평범한 일상생활이 불가능해지고
서로를 피곤하고 힘들게 할 것입니다.

오래가는 사랑은
시간이 지날수록
강렬함은 줄어들지만
은근함은 깊어집니다.
뜨거웠던 정열은 서서히 녹으며
언제나 따뜻한 가슴을 만듭니다.

언제나 사랑하는 사람이 곁에 있는 것이

가장 큰 사랑의 표현이지만
늘 함께할 수 있는 것은 아닙니다.
옆에 있어줄 수 없을 때
사랑의 마음을 표현할 수 있다면
무엇보다 큰 감동으로 다가갈 수 있습니다.

사랑하는 마음이 있다면
다른 사람들이 하는 대로 따라 하느라
과한 부담을 지지 않아도
그 사람이 기뻐할 일을 할 수 있습니다.
사랑을 전하고 싶은 마음이 있다면
작은 것에도 큰 사랑을 담는 방법은
사랑하는 마음이
찾아내줄 것입니다.

64

# 하지 않아서 후회하는 일이 더 많다

어떤 사람은 젊고도 늙었고,
어떤 사람은 늙어도 젊다. | **탈무드**

신사 배우 헨리 폰다가 죽기 1년 전에 기자와 인터뷰를 가졌는데, 그 기자에게 이런 말을 했습니다.

"내가 다섯 살 때 어머니가 헬리 혜성을 가리키며 '저것이 76년 만에 한 번 나타나는 혜성이니 잘 봐 두거라. 76년은 오랜 세월이니라' 하셨는데 이제 내 나이 76세다. 그 76년이 혜성같이 빨리 지나갔다. 그러나 나는 아직 늙은 기분이 아니다. 아직도 다섯 살 때 혜성을 바라보던 그 소년이다."

시간처럼 누구에게나 공평한 것이 없습니다.
부자라고 늘려서 쓸 수 있는 것도 아니고
가난하다고 줄어드는 것도 아닙니다.
행복한 시간이라고 느리게 가지도 않고
괴로운 시간이라고 빨리 가지도 않고
한 치의 오차 없이 똑같이 흘러갑니다.

때론 너무 느린 것 같아 지겹고
때론 너무 빠른 것 같아 야속하지만
돌이켜보면
언제 그렇게 많은 시간이 흘러버렸는지
새삼 놀라게 됩니다.

5년만 더 젊었더라면,
10년 전에 시작했더라면 하고
안타까워하는 시간들이 있지 않습니까.
지금부터 시작하면
5년 후, 10년 후에는 도달할 수 있는데도
나이가 너무 많다고
이젠 너무 늦었다고
한탄하고 있지 않은가요.

나이가 들어 지나간 삶을 돌이켜볼 때
해서 후회하는 일보다
하지 않아서 후회하는 일들이 더 많다고 합니다.
게으름 피우고 싶은 마음,
용기를 내지 못하는 마음이 하는 변명이
시간 탓, 나이 탓입니다.

세월은 밀어내지 않아도 흘러갑니다.
그 세월이 데려다주는 곳은
자신이 노를 저어 가는 바로 그곳입니다.

65

# 일단 시작하라

현재 있는 곳에서 시작하라.
떨어진 곳이 더 풍요롭게 보일지는 모르지만
기회는 항상 당신이 서 있는 바로 그곳에 있다. | **코버드 콜리어**

네덜란드의 화가 렘브란트는 "어떻게 그림을 그리면 좋겠느냐."는 질문에 "화필을 손에 들고 시작하십시오."라고 대답했다고 합니다.

이것은 '어떻게 할 것인가 생각하는 것보다 우선 실행하는 것이 좋다. 실행하고 있으면 어떻게 하느냐도 알게 된다.'는 뜻입니다.

어떤 일을 시작하기 전에
치밀하게 계산을 하고
여러 가지 가능성을 예측해보는 것은
신중한 태도입니다.
신중한 태도가 나쁠 것은 없습니다.
그런데 늘 신중한 태도를 취하느라
이것저것 생각만 복잡하게 할 뿐
아무것도 시도해보지 못한다면
신중함도 문제가 됩니다.

어떤 일을 해야 할 이유보다
하지 말아야 할 이유가
찾아보면 더 많습니다.
해보지 않은 일을 한다는 자체가
실패의 위험성을 내포하고 있기 때문입니다.
그 실패의 두려움 때문에
머릿속으로 계산만 하다가
어떤 일도 시도해보지 못하고
시간만 흘려보낸 일이 얼마나 많습니까.

실패를 통해 경험을 얻든

성공을 해서 꿈을 이루든
일단 시작을 해야 합니다.
화가가 되고 싶다면 그림을 시작해야 하고
피아니스트가 되고 싶다면 피아노 치는 법을 배워야 합니다.

가만히 앉아서
'했으면 좋겠는데', '어떻게 해야 하나'만 반복하거나
이리저리 계산기만 두드리다 그만두는 사람이
이룰 수 있는 일은 아무것도 없습니다.

하고 싶은 일이 있습니까.
더 이상 늦추지 말고
지금부터 '시작'하십시오.

66

# 까마귀가 아니라 마음의 문제

우리는 우리가 행복해지려고 마음먹은 만큼 행복해질 수 있다.
우릴 행복하게 만드는 것은 우리를 둘러싼 환경이나 조건이 아니라
늘 긍정적으로 세상을 바라보며 아주 작은 것에서부터
행복을 찾아내는 우리 자신의 생각이다. | **에이브러함 링컨**

까마귀 울음소리를 불길하다고들 하지만, 단지 까마귀는 천성의 울음소리를 냈을 뿐입니다. 까마귀의 울음은 당신에게 아무것도 예시하지 않습니다. 그렇기 때문에 까마귀 소리가 불길한 것이 아니고 까마귀가 울면 불길하다고 믿는 사람이 언짢아지는 것입니다. 또한 불길한 일이 일어날 것이라고 믿으니 기분도 우울해집니다. 그러므로 섣부른 판단은 삼가야 합니다. 그것은 자기가 내린 판단에 자신이 결박을 당하는 것입니다. 당신이 만약 '까마귀 우는 소리는 불길하다' 는 속설에 구애받지 않는다면 까마귀의 울음소리도 당신의 마음먹기에 따라서는 행복이 될 수도 있습니다. 에픽테토스의 말입니다.

'자신이 내린 판단에 자신이 결박당한다'는 것은
다른 누구도 아닌 자신이
자신의 발을 걸어 스스로 넘어뜨린다는 말입니다.

아무것도 아닌 일에 징크스를 만들어
스스로 그 덫에 걸리는 사람들이
생각보다 많습니다.
빨간색 옷을 입으면 불쾌한 일이 일어난다든가
길에서 특정한 외모를 가진 사람과 마주치면
재수가 없다든가
13일의 금요일은 나쁜 일이 일어날 거라든가
이런 식의 징크스는
아무런 근거가 없는데도
스스로 그 징크스에 자신을 결박하고 괴로워합니다.

그 징크스가 맞아떨어진다면
그것은 원래 징크스의 효력이 아니라
자신의 불안한 마음이
징크스로 몰고 간 것에 불과합니다.
자전거를 타고 가면서
'넘어질 거야, 넘어질 거야……'라고

계속 불안해 하면 넘어지게 되어 있습니다.
마음의 불안이 자세의 불안으로 이어지기 때문입니다.

내 마음을 다른 것이 지배하도록
놓아두지 마십시오.
근거 없는 불안에 휘둘리지 마십시오.
원래부터 있는 의미란 없습니다.
내가 믿는 순간 확신으로 굳어지는 것뿐입니다.

믿음의 힘은 무한합니다.
그 무한한 힘을 불안과 두려움에 내어주지 말고
긍정의 원동력으로 만들 수 있습니다.
방법은 단순합니다.
마음을 그렇게 먹기만 하면 됩니다.

67

# 적들과 맞서는 방법

기회는 배를 타고 오지 않고 우리들 내부로부터 온다.
비관론자들은 모든 문제에 숨어 있는 '문제'를 보지만
낙관론자들은 모든 문제에 감춰져 있는 '기회'를 본다. | **데니스 웨이틀리**

영국의 왕 에드워드 1세는 웨일스 지방을 정복하였으나 웨일스 사람들은 에드워드 1세를 진정한 그들의 왕으로 섬기려 하지 않았습니다. 웨일스의 귀족들은 잉글랜드에 복종하겠다면서 그들의 왕이 갖추어야 할 까다로운 조건을 내걸었습니다.

그들이 내건 조건은 먼저 웨일스에서 태어나 웨일스 말을 사용해야 하고, 영어나 불어는 아예 할 줄 몰라야 하며, 평생 나쁜 일을 한 적이 없는 인물이어야만 한다는 것이었습니다. 웨일스 귀족들은 일부러 터무니없는 조건을 내세워서 잉글랜드에 대한 불복종을 선언한 것입니다.

그러던 중 에드워드 1세는 왕비와 함께 웨일스로 갔습니다. 그리고 왕비는 그곳에서 왕자를 낳게 되었습니다. 왕은 크게 기뻐하며 태어난 왕자의 유모로 웨일스 사람을 골라 두었습니다.

며칠 후 에드워드 1세는 웨일스의 모든 귀족들을 불러 모아놓고 그 앞에서 아기 왕자를 안고 나타났습니다. 그리고는 칼을 뽑아 들고는 외쳤습니다.

"이 아기라면 그대들의 요구에 부족함이 없을 것이요. 이 아기는 그대들의 요구대로 웨일스에서 출생하였고 영어나 불어도 할 줄 모르며, 또한 이 아이가 맨 처음 할 말도 바로 그대들의 웨일스 말일 것이오. 또한 이 아이는 아직 아무런 나쁜 짓도 하지 않았소. 그래 어떻소, 그대들의 왕으로 이 정도면 손색이 없지 않겠소?"

---

살다보면 자기 힘으로 어쩔 수 없는
일들을 만납니다.
억울한 오해를 받기도 하고
특별히 잘못한 것이 없는데도
미움을 사거나
뛰어난 능력을 발휘하고도
인정을 받지 못할 때도 있습니다.

이런 때 어떤 태도를 취하는지에 따라

그 사람의 면모가 드러납니다.
부당한 대우에 맞서서 싸우는 사람도 있고
묵묵히 참으며 때를 기다리는 사람도 있습니다.
어느 것이 옳다고
말할 수 없습니다.

중요한 것은
당장 해야 할 일과
때를 기다려 해야 할 일을 잘 구분하는 것입니다.
당장 해야 할 일을 뒤로 미루면
잘못된 것이 기정 사실화되어 버립니다.
시간을 두고 해소해야 될 문제를 성급히 해결하려 들면
갈등의 골만 깊어지게 됩니다.

당장 해결해야 할 문제나
시간을 두어야 할 문제나
적대감을 갖고 상대방을 누르려는 마음보다는
한 발짝 물러서서 바라보는 여유와
불편한 상황을 부드럽게 넘길 재치가 필요합니다.
상대를 무너뜨리고 이기려고 하기보다
서로의 마음을 풀고 다독이는 방법을 찾아야 합니다.
그것이 결국 나를 지키는 무기입니다.

68

# 참는 것은 잠시 멈추는 것

인생의 가장 큰 저주란 목마름이 아니라
만족할 줄 모르는 메마름이다. | **송길원**

옛날에 같은 서당에서 학문을 익힌 두 사람이 있었습니다. 그들은 열심히 학문을 닦아 한 친구가 먼저 벼슬길에 올랐고, 그로부터 몇 년 뒤 다른 친구도 관직을 얻어 임지로 가게 되었습니다. 임지로 부임하기 전날, 뒤늦게 관직을 얻은 이가 친구들을 불러 연회를 베풀었습니다. 그 자리에는 먼저 관직에 나갔던 친구도 참석해 있었습니다. 그는 임지로 떠나는 친구에게 꼭 해줄 말이 있다며 이렇게 말했습니다.

"내가 겪어보니 관직이라는 게 쉽지만은 않네. 앞으로 많은 일을 참아야 할 것이네."

"알겠네. 자네의 충고를 잊지 않겠네."

연회가 끝날 무렵, 먼저 벼슬에 나섰던 친구가 다시 그에게 다가가 말했습니다.

"다시 한번 말하지만, 어떤 경우를 당하더라도 참아야 하네."

"허허, 알겠네. 꼭 그렇게 하지."

연회가 끝나 친구들이 하나둘 돌아가기 시작했습니다. 벼슬을 하고 있는 친구가 맨 마지막으로 대문을 나서며 다시 한번 그에게 당부를 했습니다.

"꼭 명심하게. 참고 또 참아야 하네."

그러자 그는 지겹다는 표정을 지으며 발끈 화를 냈습니다.

"아니, 이 사람이! 지금 나를 놀리는 건가? 알았다는데 왜 같은 말을 몇 번씩이나 하는가?"

그 말에 친구는 실망스런 표정을 지으며 중얼거렸습니다.

"그것 보게나. 이제 겨우 같은 말을 세 번 했을 뿐인데, 그것도 참아내지 못하나? 인내라는 것이 그렇게 어려운 걸세."

친구의 말에 그는 부끄러워 고개를 숙였습니다.

---

몰라서 못하기보다
알고 있는데도 실천하기 어려운 것들이 있습니다.
'참는 것'도 그중 하나입니다.

참을 줄 알아야 한다는 건

항상 말을 조심해야 한다는 것만큼이나
잘 알고 있지만
막상 참아야 할 순간에
제대로 적용하기는 어렵습니다.

듣고 싶지 않은 말을 들을 때
상대의 말에 반박하고 싶을 때
뭔가 부당하다고 생각될 때
자신도 모르게 불쑥
가시 돋힌 말이 튀어나옵니다.
당장은 시원할 수 있지만
그 끝이 좋을 수 없습니다.
참을 수 없을 만큼 화가 났으므로
무례한 언어로 거칠게 대응하게 되기 때문입니다.
하지 않아도 될 말, 선을 넘는 말들이
정제되지 않은 상태로 불쑥불쑥 튀어나옵니다.
'아차!' 하는 생각이 들 때는
이미 늦은 때입니다.

참는 것은 지는 것이 아닙니다.
더 큰 것을 위해 잠시 침묵하는 것이고
더 큰 자신을 만들기 위해 수련하는 것입니다.

참는 것을 배우지 못하면
오랫동안 쌓아온 것들이
한순간에 무너질 수도 있습니다.

참는 것은 지는 것이 아닙니다.
좀 더 큰 걸음을 딛기 위한
고요한 멈춤일 뿐입니다.

69

# 무엇으로 사람을 판단하는가

누군가와 서로 공감할 때,
사람과 사람의 관계는 보다 깊어질 수 있다. | **오쇼 라즈니쉬**

퇴계 이황 선생은 사람의 성정을 꿰뚫어보는 힘이 있었습니다. 또한 관계의 흐름을 예견하는 청정한 마음의 소유자였습니다. 그의 그런 점을 발 보여주는 일화가 있습니다.

퇴계 선생에게 문하생이 되기 위해 정인홍과 정구가 찾아왔습니다. 문하생이 스승에게 절과 폐백을 올리면 그것을 받아주는 것으로 입소식을 치르는 것이 그 당시의 관례였습니다.

그런데 어느 더운 여름날 찾아온 이 두 사람의 태도는 사뭇 달랐습니다. 정구는 인사를 올린 후 윗옷을 올려붙이고 물을 끼얹는 데 반해 정인홍은 갓을 쓰고 도포를 입은 채 땀방울이 줄줄이 흘러내리는데도 그대로 정좌하고 있었습니다.

퇴계 선생은 정구의 폐백은 받았으나 정인홍에게는 더 이상 가르칠 것이 없다면서 폐백을 돌려주었다고 합니다.

퇴계 선생에게 거절당한 정인홍은 훗날 광해군 때 영의정까지 올랐지만 옥사의 장본인이 되고, 그를 문하생으로 받아들였던 남명 조식은 부관참시를 당하게 되었습니다.

세상을 살아가는 데 사람만큼 큰 자산이 없습니다.
그래서 가능하면 똑똑하고 능력 있는 사람과 교류하고
친하게 지내려고 합니다.
SNS 등의 발달로
유능하고 유명한 사람들과 친구 맺기도 쉬워진 지금
모두들 든든한 인맥 만들기에
밤낮 없이 매달리고 있습니다.

하지만 유능한 사람일수록
더욱 조심해야 하는 면이 있습니다.
유능하기 때문에 중요한 일들을 하고
유능하기 때문에 주목을 받으며

유능하기 때문에 위험한 선택을 하기도 합니다.
그런 유능한 사람들이 걷는 길을
평범한 사람들은 따라가기 어렵습니다.
유능한 만큼 무거운 책임을 져야 하기 때문입니다.

사람의 인생은 알 수가 없습니다.
아주 평범하게 보였던 사람이
어느 날 세간에 두각을 나타내기도 하고
아주 비범하게 보였던 사람이
제 역할을 못하고 스러지기도 합니다.
아무리 유능해도 혼자 힘으로는
그 유능함을 발휘할 수 없습니다.
스스로의 노력도 있어야 하고
주변에서 돕는 손길도 필요합니다.
뜻밖의 상황이 행운을 가져다 주기도 합니다.
이 모든 것이 어울려야 빛을 발하는 사람이 될 수 있습니다.

힘이 있는 누군가와 의도적으로 가까워지려 하기보다
어떤 사람을 대하든 차별하지 않고
누구나 진심으로 대하는 것이
든든한 인맥을 만드는 지름길입니다.

70

# 세상을 웃게 하는 유쾌한 무기, 위트

의지가 있는 곳에 길은 통한다. | H. 허드슨

소설가 서머셋 몸이 무명 시절에 책 한 권을 출판하게 되었습니다. 그러나 무명작가인 탓에 모처럼 출간한 책이 뜻대로 잘 팔리지 않자 몸은 고민에 빠졌습니다.

오랜 노력 끝에 펴낸 책이 많은 사람에게 읽힐 기회를 잃게 된다는 것은, 작가로서 여간 괴롭고 섭섭한 일이 아니었습니다.

"내가 쓴 책이 많이 팔리게 하려면 광고를 내야만 해. 그러니 광고비를 가장 적게 들여서 가장 크게 효과를 볼 수 있는 기발한 방법을 써야 할 텐데……."

몸은 며칠 동안이나 잠도 제대로 못 자고 생각한 끝에 무언가를 생각해낸

듯 무릎을 치며 일어섰습니다.

"바로 이거다."

몸은 그 길로 당장 신문사로 갔습니다.

"무슨 일로 오셨습니까?"

"구혼 광고를 낼까 해서 왔습니다."

"구혼 광고요?"

"예, 그렇습니다. 저도 이제 나이가 찼고 해서 훌륭한 여성을 아내로 맞아 결혼을 하려는데, 어디 마땅한 여자가 있어야지요. 그래서 신문에 직접 광고를 내볼까 해서 찾아왔습니다. 가능할까요?"

"하하하, 가능하다 마다요. 광고비만 내신다면 어려울 것이 하나도 없습니다."

신문사 직원은 몹시 재미있다는 듯 쾌활하게 웃었습니다.

"그럼 광고의 내용을 여기에다가 써주십시오."

몸은 신문사 직원이 내준 메모지에다 부지런히 광고의 내용을 적어 신문사 직원에게 주었습니다. 신문사 직원은 몸이 써준 광고 원고를 받아 쥐고, 흥미롭다는 표정으로 그 내용을 읽었습니다.

'마음 착하고 훌륭한 여성을 찾습니다. 나는 스포츠와 음악을 좋아하고, 성격이 비교적 온화한 젊은이로 백만장자입니다. 내가 바라는 여성은 모든 점이 최근 서머셋 몸이 쓴 소설의 주인공과 닮은 여성입니다. 슬기로운 지혜와 부드러운 마음씨, 그리고 젊고 건강한 아름다움을 간직하고 있는 여성이면 됩니다.

자신이 서머셋 몸이 쓴 소설의 주인공과 닮은 여성이라고 생각되는 분이 있으시면, 지체 마시고 즉시 연락 주십시오. 나는 꼭 그러한 여성과 결혼하기를 원합니다.'

다음 날 아침 몸이 의뢰한 광고가 신문에 실렸습니다. 그러자 서점에서는 몸이 쓴 책이 날개 돋친 듯이 팔리기 시작했습니다. 드디어 광고가 실린 지 6일 만에, 서머셋 몸의 소설책은 모두 팔려 한 권도 남아 있지 않았습니다.

세상을 재미있게 사는 법 중 하나가
유머나 위트 있는 삶을 사는 것입니다.
유머나 위트는 즐거운 상황에서 나오는 것이 아니라
괴롭고 힘든 상황을 즐겁게 만들어주는 것입니다.

곤란한 상황을 헤쳐 나가게 하는 힘은
용기나 지혜에서도 나오지만
위트 있는 생각과 말에서도 솟아납니다.

위트는 사람을 웃게 하는 것에서 그치지 않고
상황을 다르게 바라보게 해주고
단번에 역전시키기도 합니다.
그만큼 큰 힘을 발휘하기 때문에
적절한 연륜과 지식과 통찰력이
있어야 합니다.

우스갯소리 몇 마디로

위트 있는 사람이란 소리를 듣진 못합니다.
분위기를 단번에 바꿀 수 있는 위트는
적절한 타이밍에
어떤 사람도 화를 내지 않도록 하면서
우회적이지만 정확하게 요점을 찌르는
것입니다.

말을 한 사람만 웃을 뿐
듣는 사람들의 마음은 상하게 하는 말은
유머도 위트도 아닙니다.
그저 비꼼이나 실언일 뿐입니다.

위트가 빛을 발하려면
상대를 공격하거나
곤경에 빠뜨리려는 의도를 버려야 합니다.
함께 유쾌하게 웃고
생각을 새롭게 하는 것,
그것이 위트의 힘입니다.

71

# 그의 행동이 마음에 거슬리는 이유

친구란 무엇인가?
두 개의 몸에 깃든 하나의 영혼이다. | 아리스토텔레스

어느 산중의 암자에 기거하는 두 스님이 아침 일찍 마을로 내려와 일을 본 뒤 저녁 무렵이 되어 돌아가는 길이었습니다. 냇가에 이르렀는데 아침까지 있었던 다리가 없었습니다.

"이런, 아까 낮에 내린 비로 물이 불었군."

아침에 암자를 나설 때는 비가 내리지 않았는데, 낮에 장대 같은 소나기가 한 두 시간 정도 퍼붓는 바람에 징검다리가 물에 잠겨버린 것이었습니다.

그런데 가만히 보니 저만치서 웬 처녀가 발을 동동 구르고 있었습니다. 한 스님이 다가가 그 까닭을 물어보았습니다.

"왜 그러시오?"

"내를 건너야 하는데, 물살이 너무 세서 못 건너고 있습니다."

상황을 파악한 스님은 처녀에게 등을 보이며 업히라는 시늉을 했습니다. 처녀는 잠시 머뭇거리다가 스님의 등에 업혔습니다. 내를 건넌 스님은 처녀를 내려놓았고 처녀는 인사를 하고 떠났습니다.

다시 두 스님이 길을 걷기 시작했습니다. 잠시 걷다가 나중에 혼자 내를 건너온 스님이 갑자기 화를 내며 큰 소리로 말했습니다.

"일념으로 도에만 정진해야 할 사람이 처녀의 몸에 손을 대다니, 도대체 정신이 있는 건가?"

처녀를 업어준 스님은 아무 대꾸도 하지 않고 묵묵히 길을 걸어갔습니다. 그러자 그는 더욱 화를 내며 비난했습니다. 그래도 처녀를 업어준 스님은 아무 대꾸도 하지 않았습니다. 한 시간쯤 지나 두 스님은 암자 입구로 들어서게 되었습니다. 그때까지도 그는 처녀를 업어준 스님을 심하게 비난하고 있었습니다. 그러다가 암자 앞에 거의 다다랐을 때 처녀를 업어준 스님이 입을 열었습니다.

"자넨 힘들지도 않나? 나는 그 처녀를 이미 한 시간 전에 잠시 업었다가 내려놓았는데, 자네는 아직까지 업고 있으니 말일세. 이제 그만 처녀를 내려놓게. 암자 안까지 업고 들어갈 셈인가?"

상대의 행동 중에
자꾸 마음에 걸리거나

유난히 싫은 것이 있다면
왜 그럴까를 생각해보십시오.

상대방은 아무렇지도 않은데
나 혼자만 마음에 걸리고
유독 문제로 느껴지는 부분이 있다면,
그것이 정말로 그 문제에서 오는 것인지
그 사람이 마음이 들지 않기 때문인지
혹시 내가 똑같은 문제를 안고 있기 때문은 아닌지
살펴보아야 합니다.

눈에 거슬리고, 마음에 들지 않는 이유가
내 안의 드러내고 싶지 않은 어떤 부분을 드러나게 했거나
숨기고 싶은 내 단점이나 결점을
상대를 통해 보게 되기 때문은 아닐까요.

나의 단점을 상대방을 통해 보게 되면
유난히 짜증이 나고, 불쾌하면서
회피고 싶은 마음이 듭니다.
나와 상관없는 일이라면
관심을 가지지 않으면 되는데
계속 마음이 쓰이는 이유는

그 싫은 행동에서 내가 자유롭지 못하기 때문입니다.

어떤 행동 때문에
계속 남을 탓하고 비난하기 전에
내 마음을 들여다보십시오.
내 안에 내가 비난한 그 모습이 보인다면
그것을 인정하고 고치는 것이
상대를 비난하는 일보다
먼저 해야 할 일입니다.
내가 그 문제에서 자유로워진다면
상대를 비난하는 일조차
하지 않게 될 것입니다.

72

# 지금 하십시오

모든 것이 다 가까이에서 시작된다. | 김구

뉴욕에서 무직자 숙박소를 경영하며 〈가톨릭 노무자〉란 잡지를 내는 도로시 데이 여사가 시 위생국 단속에 걸렸습니다. 그녀는 벌금 250달러를 물어야만 위기를 벗어날 수 있었습니다. 이런 안타까운 내용을 신문기사에서 본 시인 오든이 길가에서 데이 여사를 만났습니다.

그는 그녀에게 머뭇거리며 말을 걸었습니다.

"당신이 벌금을 내는 데 조금이라도 보탬이 되고 싶으니 내 2달러 50센트를 받아주시오."

그러면서 접힌 종잇조각을 도로시 여사의 손에 쥐어주었습니다.

갈길이 바빴던 그녀는 "고맙습니다." 하고 지하철에 들어가서야 펴보니 그것은 '오든' 이라고 서명한 250달러 수표였습니다.

---

지금 하십시오.

할 일이 생각나거든 지금 하십시오.
오늘 하늘은 맑지만
내일은 구름이 보일지도 모릅니다.
어제는 이미 당신의 것이 아니니  지금 하십시오.

친절한 말 한마디가 생각났다면
지금 말하십시오.
내일은 당신의 것이 아닐지도 모릅니다
사랑하는 사람이
언제나 곁에 있지는 않습니다.
사랑의 말이 있다면 지금 하십시오.

미소를 짓고 싶다면 지금 웃어 주십시오.
친구가 떠나기 전에
장미가 피고 가슴이 설레일 때,

지금 미소를 주십시오.

부르고 싶은 노래가 있다면
지금 부르십시오.
당신의 해가 저물면
노래 부르기엔 너무나 늦습니다
당신의 노래를
지금 부르십시오.

— 찰스 스펄전

73

# 내일로 미룰 수 없는 행복, 건강

건강한 몸을 가진 자가 아니고서는 조국에 충실한 자가 되기 어렵고, 좋은 아버지, 좋은 아들, 좋은 이웃이 되기 어렵다. | **페스탈로찌**

불규칙한 생활로 인해 신경쇠약증에 걸린 어떤 환자가 의사를 찾았습니다. 의사는 "술을 마시지 말고, 규칙적인 생활을 하며 적당하게 운동을 할 것"이라고 처방전을 써주었습니다.

늘 듣던 소리라 환자는 건성으로 "네. 네."하고 대답했습니다. 그런데 놀라운 것은 그 진료비가 무려 천 달러였습니다. 누구든 할 수 있는 상식적인 말 한마디를 하고 천 달러의 돈을 요구하니 환자는 노여웠으나 어쩔 수 없이 그 돈을 지불했습니다.

그리고는 그 천 달러가 아까워서 억지로 금주하고 억지로 규칙적인 생활을 했더니 1년 후에는 몸이 아주 건강하게 되었습니다. 그래서 그 의사를 찾아가 그 비싼 진료비에 대해 감사했습니다.

그때 의사는 "당신의 병은 당신 스스로 규칙적이고 건전한 생활을 해야 고쳐지는데, 당신이 실행하지 않을 것 같아 천 달러를 받아두었던 것입니다." 하고 그 돈을 돌려주었습니다.

건강을 잃으면
아무리 많은 돈도
아무리 높은 지위도
아무리 탁월한 재능도
아무 소용이 없습니다.

그것을 잘 알면서도
더 많은 돈을 벌기 위해
더 높은 지위를 얻기 위해
더 빛나는 재능을 발휘하기 위해
좀 더 나이 들면
좀 더 시간이 나면
좀 더 즐거운 뒤에……
하고 건강 챙기기를 미룹니다.

무엇이든 대가를 치르지 않고
얻을 수 있는 것은 없습니다.
건강을 위해서도 치러야 하는 대가가 있습니다.
귀찮아도 운동을 하고
입에 달아도 음식을 절제하고
자야 할 시간엔 잠자리에 들어야 합니다.
아주 단순한 이 조건을 지키지 못하면
운동하고 싶을 때 움직일 수 없고
먹고 싶어도 먹을 수 없고
잠들지 못하면서 계속 잠자리에 머물러야 하는
고통의 날이 찾아옵니다.

어떤 것도 건강과 바꿀 수 없습니다.
건강이 가장 큰 자산입니다.
지금 건강하다면
아무것도 가진 것이 없고, 이룬 것이 없다 해도
실망하거나 두려워할 것이 없습니다.
건강하게 살아있는 한
무엇이든 할 수 있는 시간이
우리에게 주어져 있기 때문입니다.